EDITION ECRITS

Andreas Gers
Die Pendler

1. Auflage
Vollständige Taschenbuchausgabe August 2014

Edition Ecrilis, Weil der Stadt
© 2014 Edition Ecrilis
© 2014 Andreas Gers
Alle Rechte vorbehalten
Korrektorat/Lektorat: Team Ecrilis
Covergestaltung/Einband: Media District, www.mediadistrict.de
Foto: Pixelio.de, Erich Westendarp
Satz: Cornelia Beyer
Druck und Bindung: Digital Print Group, Nürnberg

ISBN 978-3-944554-19-8

www.ecrilis.de

Prolog: An die Pendler

Habt keine Sorge: Ich habe mich streng an unsere Abmachung gehalten. Nichts von dem, was damals im „Session Club" endete, werde ich preisgeben. All euere Geheimnisse sollen verborgen bleiben, wie wir es uns versprochen haben. Was ihr hier lest, ist deshalb frei erfunden und entspringt einzig und allein meiner eigenen Vorstellungskraft.

Luna, sorry, dass ich dich einfach zu meiner Muse gemacht habe. Aber ich brauchte dich dringend, um meine Geschichte zu Ende schreiben zu können. Allzu oft hakte mein Schreibfluss, und ich benutzte dich als treibende Inspiration. Keiner hätte mich besser beflügeln können. Aber ich hätte dich vorher fragen sollen.

Stefan, bei dir entschuldige ich mich, dass ich dir solche Probleme beschert habe. Doch ich hoffe insgeheim, dass das Abenteuer, das ich dich dafür habe erleben lassen, die Unannehmlichkeiten bei Weitem wieder aufwiegen kann. Du wirst meiner Meinung sein.

Nun zu dir, mein lieber Doktor: du wirst hier leider erfahren, was deiner Krähe wirklich geschehen ist. Das ist zwar schmerzhaft, aber ich weiß, dass du dich mit deinem Traum von der Rückkehr des Vogels in die Freiheit doch nur selbst belogen hast. Du bist deshalb der Leidtragende, weil ich weiß, dass du es am besten verkraften kannst. Ich hoffe, ich behalte recht damit.

Und Thessi? Keine Angst, du wirst nicht erschossen! Aber es ist schon waghalsig, was du da anzettelst. Aber wer sonst könnte mehr Mut dazu aufbringen als du? Du bist so wunderbar jung, neugierig und aufsässig! Auch wenn es am Ende schief gegangen ist, in meinem Herzen wirst du weiter kämpfen, bis die Welt gerettet ist!

Ihr Pendler und all ihr anderen, deren Gedanken und Handeln, deren Eigenarten und Äußerlichkeiten ich als Zutaten in mein Süppchen gerührt habe: seht mir meinen geistigen Diebstahl nach! Mir ist schon klar, ich selbst bin ja fein raus: Ihr habt mir die Suppe eingebrockt – und der Leser darf sie jetzt auslöffeln.

In Freundschaft
Wolf Göde

1. Glühwein mit Schuss

Der doppelstöckige rote Regionalexpress lief wieder einmal zu spät in den winterlich-schmuddeligen Kleinstadtbahnhof ein. Am Bahnsteig warteten die meisten Menschen in der morgendlichen Dunkelheit gleichgültig und regungslos. Sie waren es nicht anders gewöhnt und hatten sich längst in ihr Pendlerschicksal gefügt. Nur die Choleriker und die, die Anschlusszüge erreichen mussten, wurden irgendwann nervös.

Unter dem Wartedach saß grübelnd und schreibend Wolf Göde, der erst, als das Quietschen der Zugbremsen schon fast verebbte, seine Kladde und den Stift in seine Aktentasche stopfte und sich eilig erhob, um zuzusteigen.

Während die anderen neuen Fahrgäste stumm in die Abteile flohen, lief Wolf zielstrebig nach hinten zum Zug-Café. Er grüßte den Wirt, bestellte einen Cappuccino, ging an der Theke vorbei und stellte seine Tasche neben den Klappsessel, auf dem er gleich die Zugfahrt verbringen würde. Er trat zurück an die Bar, wo inzwischen schon sein Getränk im Pappbecher dampfte.

„Ah, danke, so fängt der Tag doch erst mal brauchbar an!", sagte er freundlich, kramte in seinem Portemonnaie nach passendem Kleingeld und nahm den Becher mit zu seinem Platz. Sofort zog er sein Notizbuch und den Stift wieder hervor und schrieb.

Außer dem Wirt und Wolf war noch niemand im Raum. Erst an den nächsten beiden Stationen kamen mehr Gäste, Pendler, die Tag für Tag gemeinsam ins Ruhrgebiet unterwegs waren. Es dauerte auch gar nicht lange, bis der Zug wieder bremste und sich die Türen öffneten.

Hier stiegen Frau Thess und Dr. Grunwald zu, die gleich in den Caféwagen eilten. Dr. Grunwald legte, wie jeden Morgen, zunächst Schal, Schlägermütze und den dunkelblauen Mantel ab, hängte alles auf einen der Haken in der Nische hinter der Bar und schnäuzte sich ausgiebig, bevor er einen Milchkaffee bestellen wollte.

„Morgen Doktor!", begrüßte ihn der Wirt ohne hinzuschauen und rührte schon dessen Heißgetränk an.

„Morgen Banjo! Ah, danke! Na, du weißt aber Bescheid!"

„Sicher doch! Die meisten nehmen doch immer dasselbe."

„Ich heute nicht!", mischte sich Thessi ein, wie Frau Thess hier genannt wurde. „Ich nehm heut Glühwein mit Schuss!" Sie zog die Schultern an die Ohren und rieb sich die kalten Finger. „Habt ihr doch seit letzter Woche, oder?"

Dr. Grunwald, der bestimmt zwei Köpfe größer war als sie, blickte gespielt streng auf sie hinab.

„Thessi, was ist los? Nicht, dass du noch anfängst zu singen!"

Als Banjo den Glühwein aus der großen Thermoskanne pumpte, zog ein weihnachtlicher Duft durch das Zugabteil, der nicht so recht zum späten Januar passen wollte. Der Doktor und Frau Thess blieben seitwärts am Tresen stehen, damit sie die hin und wieder durchlaufenden Fahrgäste nicht behinderten. Der Gang zwischen Fenster und Bar war an der schmalsten Stelle so eng, dass sich hier kaum zwei Menschen begegnen durften, ohne sich aneinander vorbei zwängen zu müssen.

Für Thessi war das nicht so problematisch. Sie war von zierlicher und kleiner Statur. Ihr kurzes, nach allen Seiten steif abstehendes Haar war feuerrot gefärbt. An den Ohren baumelten zwei riesige, goldfarbene Kreolen und ihre Lippen waren, passend zur Haarfarbe, grell geschminkt. So frech, wie sie aussah, sprühte sie auch voller Temperament und Lebensfreude. Sie war die jüngste im Kreis der Pendler. Mit ihren fünfundzwanzig Jahren stand sie dort kess in Jeans und weißem, angoraweichen Rollkragenpullover zwischen dem geballten Mittelalter, schlürfte genießerisch ihren Glühwein und genoss ihre Nesthäkchen-Rolle sichtlich.

Neben ihrem jugendlichen Charme erschien Dr. Grunwald eher sachlich und gediegen. Er war ein stattlicher, gebildeter Mann in den Fünfzigern mit kurzem, weißgrauem Haar und strahlte Ruhe und Überlegenheit aus. Doch wirkte er gutmütig dabei, mit spitzbübischen Zügen um den Mund. Wenn er schmunzelte, bildeten sich zwei Grübchen in seinem glatt rasierten Gesicht. Ganz im Gegenteil zu Barmann Banjo übrigens, der meist einen schlecht gelaunten, abweisenden Gesichtsausdruck auflegte und dessen Oberlippe ein üppiger, grauer Schnurrbart verbarg.

Thessi wärmte sich ihre Hände am heißen Pappbecher und schlürfte vorsichtig ihren Glühwein.

„Ahhh, das kommt gut! – Wenn ich schon im Dezember keine Zeit hatte, mal über den Weihnachtsmarkt zu schlendern, mach ich es mir eben jetzt hier gemütlich."

Der Doktor lachte. „Na, wenn du die Kanne leer machst, verkaufst du gleich immer zwei linke Schuhe!"

„Denkst du! Heute wird gar nichts verkauft, mein Lieber! Wir haben Inventur. Das hältst du nur mit Schuss aus!"

Wolf Göde war aufmerksam geworden, hatte seine Kladde zugeklappt und horchte auf das Gespräch an der Bar.

Dr. Grunwald heuchelte jetzt Mitleid. „Oh je, Thessi, den ganzen Tag Schuhe zählen. Aber guck mal, ihr habt es doch einfach. Ihr wisst zumindest schon mal, dass immer eine gerade Zahl rauskommen muss."

„Ha, ha, wenn du wüsstest!" Thessi spielte mit. „Du glaubst gar nicht, wie viel Leute heutzutage nur *einen* Schuh kaufen! Als Nikolausstiefel zum Beispiel, oder einen Babyschuh, den sie sich vorne ins Auto unter den Spiegel hängen."

Banjo hinter der Theke schien teilnahmslos, fragte aber plötzlich ernst: „Verkauft ihr auch Bierstiefel?"

Während sich die drei so frotzelnd die Zeit vertrieben, bremste der Zug erneut. Banjo bekam zu tun, sein Caféwagen füllte sich nun. Drei unbekannte Gäste nahmen hinten an einem Hochtisch Platz. Zu Frau Thess und Dr. Grunwald gesellten sich Stefan Wunder, seines Zeichens Biologielehrer, und seine Kollegin Margot Schäper, Deutsch und Religion. Beide hatten vor 12 Jahren ihr Referendariat am Schiller-Gymnasium beendet und waren an der Schule übernommen worden.

„Jupp, hier riechtet aber lecker!", rief Herr Wunder albern, knallte geräuschvoll seine Zeitung auf den Tresen und fächerte sich mit der Hand den Glühweinduft theatralisch unter die Nase. „Machste mir auch so was, Banjo?", bestellte er und zeigte auf Thessis Becher.

„Für mich Kaffee, wie immer!", sagte Frau Schäper, die hier im Zug nur Maggi gerufen wurde. Sie legte ihren Mantel ab, und die beiden richteten sich an der Theke ein, während Banjo sie bediente.

Stefan Wunder war ein Spät-Achtundsechziger, wenn man das so nennen kann. Er hatte die Flower-Power-Zeit nur als Kleinkind erlebt, doch sah er heute so aus, als wäre er selbst dabei gewesen. Schulterlanges, allerdings reichlich dünn gewordenes, blondes Haar zierte sein verlebtes und doch jugendlich wirkendes Gesicht. Seine wachen, kleinen Augen schauten durch eine John-Lennon-Nickelbrille. Das Mündchen unter seiner gebogenen Nase war zwar klein, aber doch so rot und volllippig, dass es sein Aussehen insgesamt prägte. Trotz des schäbigen, kalten Wetters trug er eine zerschlissene Jeans-Jacke über einem braunen Norwegerpullover. Seine Füße steckten in klobigen Lederboots, die es so heutzutage gar nicht mehr zu kaufen gibt.

„Alles klar an der Bar?", grüßte er in die Runde und wandte sich gleich an Grunwald.

„Na Dok, immer noch kein Millionär?", stichelte er, „wieder nur die Zusatzzahl richtig?"

„Besser als mein Geld zu verqualmen. Hauch mich mal an! – ah, noch schnell eine durchgezogen am Bahnsteig, he?"

„Ach komm, Dok, du träumst von deinem Hauptgewinn, und ich genieße derweil mein Leben!"

Hier mischte sich, auf ihre trockene und unnachahmliche Art, Maggi in das Gespräch.

„Na, so oft, wie du schon versucht hast aufzuhören, kann von Genuss ja wohl keine Rede sein."

Damit verstummte die Neckerei erst einmal, und Thessi nickte Maggi anerkennend zu und hob den Daumen in die Luft.

In diesem Moment ruckte der Zug heftig und schwenkte seitwärts. Die Gäste mussten sich um ihr Gleichgewicht bemühen.

„Mann, Käpt'n, mal schön geschmeidig bleiben!", wies Stefan den Zugführer durch vier Waggons hindurch zurecht. „Wohl schlecht geschlafen!"

„Das war ne harte Weiche", witzelte Thessi und nippte am Glühwein.

„Mensch Thessi, da haste jetzt aber richtig einen rausgehauen!"

Stefan Wunder schlug mit gespieltem Vergnügen mit der flachen Hand auf die Zeitung, die noch immer ungelesen auf dem Tresen lag.

Die Gesellschaft im Caféwagen hatte nicht bemerkt, dass der Zug nach dem unsanften Schlenker sachte gebremst und nach und nach deutlich an Fahrt verloren hatte. Erst als er mit einem kurzen Rucken ganz zum Stillstand kam, wurden die Passagiere aufmerksam. Stefan hielt die Hand vor die Augen und blickte durch die schmutzige Scheibe in die morgendliche Dunkelheit hinaus.

„Wir stehen auf freier Strecke. Das kann noch lustig werden, Freunde!" Mit einem Blick auf seine Armbanduhr stellte er fest, dass sie sowieso schon neun Minuten zu spät waren.

Maggi seufzte.

„Na, dann prost Mahlzeit." Sie schob ihre strenge, rechteckige Brille zurecht, fuhr sich mit der Hand durch ihr dunkelblondes, hochgestecktes Haar, ging hinüber zu ihrem Mantel am Haken und kramte dort in den Taschen nach ihrem Handy.

Da rauschte der Lautsprecher und knackte kurz, bevor man die Stimme des Zugführers wie durch ein altes Telefon vernahm.

„Meine Damen und Herren, leider kommt es zu Verzögerungen im Betriebsablauf. Wegen eines Personenschadens verzögert sich unsere Weiterfahrt auf unbestimmte Zeit. – Ich wiederhole: Meine Damen und Herren, …"

Doch es hörte schon niemand mehr zu. Ein Raunen und Reden erfüllte die Abteile, allgemeine Unruhe machte sich breit.

Stefan Wunder war einer derer, die nicht gelassen bleiben konnten. Er wurde sarkastisch.

„Na super, hat sich wieder jemand hinter den Zug geworfen. Mein Gott, da gibt es doch wirklich angenehmere Methoden, um sich ins Jenseits zu befördern!"

Thessi widersprach ihm aufbrausend: „Also echt, Stefan, das ist hier überhaupt nicht lustig. Da draußen war jemand zu Tode verzweifelt und allein, und du machst da Witze drüber! Du willst hier nicht wirklich jemandem Vorwürfe machen, oder?"

„Guck doch mal in die Zeitung!" Stefan nahm das Blatt und hielt es Thessi entgegen. „Passiert doch dauernd, diese lebensmüde Sauerei! Fest steht auf jeden Fall, dass wir seinetwegen jetzt hier festsitzen!"

„Oder ihretwegen."

Der Doktor griff nun beschwichtigend ein, während im Lautsprecher die nun schon bestens bekannte Durchsage des Zugführers zum vierten Mal wiederholt wurde.

„Komm Stefan, es muss doch gar kein Selbstmord gewesen sein. Genauso wahrscheinlich ist ein Unfall, das kannst du doch gar nicht wissen."

„Hat ja auch Vorteile", sagte Maggi, die schon telefoniert hatte und ihr Handy zuklappte. „Die Schule weiß Bescheid, wir haben frei, Herr Wunder, und die Kiddies schreien hurra!"

„Und Banjo macht Umsatz!", rief Thessi, „komm, mach mir noch einen! Besser als Schuhe zählen ist das hier allemal!"

Der Caféwagen füllte sich. Viele telefonierten noch, um sich verspätet zu melden, was oder wer auch immer sie erwartete. Banjo bekam Arbeit und der Zugbegleiter war in den Abteilen unterwegs, um die Passagiere zu beruhigen, denen die Verzögerung an die Nerven ging. Auch Wolf Göde auf dem Klappsitz hatte im Büro seine unbestimmte Verspätung zu entschuldigen. Dann rückte er sich, so bequem es hier eben ging, zurecht und versank wieder in Gedanken, notierte eine Zeile, nahm den Stift in den Mund, sinnierte, schrieb erneut.

Stefan Wunder haderte immer noch. Er hatte seine Zeitung aufgeschlagen und suchte mit den Augen oberflächlich darin herum.

„Leute, Leute", schimpfte er. „Wenn ich schon frei hab, dann will ich auch das tun, worauf ich Lust habe, und nicht hier im Zug festsitzen!"

„Worauf hast du denn Lust?", grinste seine Kollegin.

Doch Stefan lamentierte: „Mein Gott, wir sind doch so was von fremdbestimmt! Schon morgens nach der Uhr, Pflicht ist Pflicht. Noch ein paar Zettel in die Tasche gestopft, an was man alles denken soll, zum Zug gehetzt. Ab in die Klasse, Lärm und tausend Problemchen, als wäre man der Pfarrer, jede Pause mit Unterbrechungen, wenn es überhaupt eine Pause gibt, schnell was kopieren, Schülergespräche, Organisieren, hopp hopp, und wieder zurück in die lärmende Klasse. Am Nachmittag noch dies und das besorgen und erledigen, Essen, kümmern, Kinder, Fernsehen, Bett."

Die kleine Pause zum Luftholen nutzte Dr. Grunwald, um den Redeschwall zu unterbrechen: „Komm schon, Stefan, du hast es doch noch gut als Lehrer. Weißt du, wann ich immer erst zu Hause bin?"

„Aber du hast dann frei, Dok, das ist der Unterschied. Lässt die Brocken fallen und gut is! Bei mir liegen jedes Wochenende Klassenarbeiten rum, Eltern nerven mich bis in die Nacht am Telefon, der Unterricht muss vorbereitet werden. – Guck dir Thessi an. Sie verkauft ein paar Schuhe, meinetwegen hat sie Stress und nervige Kunden, aber dann hat sie frei, auf Jück, halali! Morgen ist der nächste Tag!"

Maggi hatte ihrem Kollegen mit verwunderter Miene zugehört, ihre Augen hatten sich zunehmend geweitet und ihre Stirn zierten tiefe senkrechte Falten oberhalb des Nasenbeines.

„Hallo Herr Wunder, ich muss mich sehr wundern! Der Lehrer par excellence hadert mit seinem Job, ich glaub es nicht! Hör mal, du bist Vertrauenslehrer, leitest nachmittags noch den Schülerzoo, machst freiwillig immer wieder Fortbildungen und setzt dich bei jeder Gelegenheit für deine Schüler ein …"

„Darf ich hier vielleicht auch mal was sagen?", unterbrach Thessi barsch die Debatte. „Auch ich finde jetzt nicht, dass du irgendeinen Grund zu klagen hast, mein Lieber! Du kriegst gutes Geld für deinen Job, und rausschmeißen kann dich auch keiner, selbst wenn du morgens mit Fahne erscheinst. Ich verkaufe nur Schuhe, okay, aber wenn sie mich erwischen, wenn ich mal telefoniere oder sonst was, gibt's ne Abmahnung. Machst du das zweimal, bist du raus, tschüs, auf Wiedersehen. *Das* ist Stress, mein Lieber!"

Stefan Wunder hatte mit einer solch heftigen Reaktion nicht gerechnet. „Nicht falsch verstehen, Thessi, sorry! Ich bin wirklich gerne Lehrer und hab mir das auch so ausgesucht. Ich weiß auch die Vorteile zu schätzen, das kannst du mir glauben. Und ich respektiere auch deinen Job, und den vom Dok oder Banjo hinter der Bar."

Monoton krächzte schon wieder die Lautsprecheransage. Es war keine Besserung der Situation in Sicht.

„Was mich nur manchmal nervt, ist die Fremdbestimmtheit unseres Lebens. Alles ist geplant, organisiert, voraus gedacht, gleichförmig, jeden Tag. Wir legen alles fest, baggern uns zu mit Terminen und Pflichten. Und das geht euch doch ganz genauso, hört doch auf! Ihr könnt euch doch auch nicht aus euerem Trott bewegen, es ist gar keine Zeit mehr dazu. Und jeder macht es so, weil es halt so ist, so ist es, und so macht man es halt."

Dabei umrahmte er das „man" mit den Fingern in der Luft mit imaginären Gänsefüßchen.

„Hier, der Doktor zum Beispiel. Komm Dok, erzähl mal, wie dein Tag in der Kanzlei so abläuft! Oder Banjo! Du kannst dir bestimmt auch manchmal noch was Anderes vorstellen."

„Ich komm schon klar", nuschelte Banjo spröde in seinen Bart, während er die Thekenplatte wischte.

Thessis Augen blitzten.

„Ups, Herr Lehrer, das hört sich aber sehr verdächtig nach 'ner Lebensmittelkrise an!" Er reagierte nicht auf ihr Wortspiel, und sie tröstete ihn gutmütig. „Ist nicht schlimm, Lehrerchen, du bist jetzt in dem Alter, wo einem schon mal die Decke auf den Kopf fällt und man zweifelt, ob das jetzt alles gewesen sein soll."

Dr. Grunwald hatte die Diskussion lässig an der Fensterseite lehnend verfolgt und lächelte nun spitzbübisch.

„Tipp unter Freunden, Stefan: spiel Lotto! Die Hoffnung stirbt zuletzt!"

Die Pendler lachten, der Doktor hatte die Schärfe aus dem hitzigen Gespräch genommen. Sogar Stefan musste lächeln, doch fühlte er sich immer noch unverstanden. Er hatte eine unnachahmliche Art, seine Lippen zu einem Kussmund zu kräuseln, bevor er etwas Wichtiges von sich geben wollte – und das wollte er jetzt:

„Na klar, ihr wollt davon nichts wissen. Wozu auch? Aber dass uns da draußen jetzt ein Selbstmörder zwingt, hier im Zug festzusitzen, ist schon irgendwie lächerlich."

Er hatte ganz etwas Anderes sagen wollen und war enttäuscht über die Nebensächlichkeit seiner Bemerkung. Dr. Grunwald, beendete das Thema nun endgültig. Er schlug Stefan freundschaftlich auf die Schulter. „Ich geb eine Runde! Komm, leg die Zeitung weg. Was möchtet ihr? Glühwein? Kaffee? Cola?"

Die Gruppe applaudierte, und Banjo füllte die Becher. „Für mich bitte Wasser, Banjo!", bat Stefan, „mir steigt der eine Glühwein schon in die Birne, Junge Junge!"

Alle bekamen ihr Getränk. Sie prosteten dem edlen Spender zu, der ihnen aufgedreht einen Toast zurief: „Auf die Selbstbestimmung! Auf die Freiheit, zu tun und zu lassen, worauf man gerade Lust hat!" Bei dem „man" imitierte er Stefans Finger-Gänsefüßchen in der Luft und zwinkerte ihm zu. „Zum Wohl!"

2. Die Pappbecher-Revolution

Hatte sich Herr Wunder nun gerade wieder beruhigen wollen, so fühlte er sich durch Dr. Grunwalds Trinkspruch erneut provoziert. Die Kollegen lachten und waren bester Laune, während er – natürlich vor dem Hintergrund seiner langjährigen didaktischen Prägung – nach einer Möglichkeit suchte, sich verständlich zu machen. Mit gesenktem Kopf und einer Hand am Pappbecher auf der Theke grübelte er fieberhaft. Während die anderen das Thema schon längst gewechselt hatten, sagte er plötzlich laut und deutlich: „Noch mal kurz zurück zur Selbstbestimmung, Leute!"

Die Unterhaltung verstummte, und alle wandten sich ihm zu.

Stefan sprach in seiner durchdringenden, geschulten Lehrerstimmlage. Auch die fremden Gäste am Hochtisch weiter hinten und auch Wolf Göde wurden aufmerksam. Stefan bemerkte zufrieden, dass es jetzt ganz ruhig im Abteil war.

„Wir tun in den meisten Fällen genau das, was von uns erwartet wird. Wir folgen den gesellschaftlichen Konventionen, den Moralvorstellungen, den Regeln, Zwängen und Gesetzen, die uns in Bahnen pressen, über deren Fahrtrichtung wir gar nicht mehr nachdenken, geschweige denn, sie infrage stellen. Warum tun wir das? Sind die Zwänge wirklich so stark, dass wir uns in alles fügen müssen? Oder wollen wir uns vielleicht sogar absichtlich in ein möglichst dichtes Netz aus Zwängen einweben, weil wir dadurch ein Gefühl der Sicherheit erlangen, nicht abstürzen zu können?"

Stefan Wunder hätte seinen Monolog wohl noch weiter ausgeschmückt, wenn Maggi das – im Sinne aller – nicht in diesem Moment unterbunden hätte.

„Komm zum Punkt, Stefan!", wies sie ihn zurecht. Stefan verstummte und schaute in die Runde. Dann auf seinen Becher, der auf der Theke stand. Na gut, dachte er.

„Stellt euch vor, ihr hättet plötzlich Lust, diesen Becher hier umzuwerfen. Ohne Sinn und Hintergrund, nur einfach aus einer kleinen, diabolischen Laune heraus. Würdet ihr es tun? – Ihr würdet es nicht tun. Weil man das halt nicht macht, Becher umschmeißen. Ihr würdet vernünftig sein und diese Lust verdrängen, obwohl doch niemand ernsthaften Schaden nähme. Es ist ja nur Wasser."

Thessi bekam große Augen und Dr. Grunwald trat vorsichtig einen Schritt zurück.

„So ein Blödsinn, Stefan, hör schon auf damit!"

Doch Stefan blickte ihn amüsiert an.

„Aber wenn ich doch gerade Lust dazu habe?"

Und damit führte er die Hand zum Becher, zögerte ganz kurz und schnippte dann den am Daumen gespannten Mittelfinger gegen den Rand. Der Becher fiel ganz langsam wie in Zeitlupe, rollte dann in einer Kurve zum Thekenrand und klatschte von dort noch halbvoll auf den Boden. Das Mineralwasser ergoss sich in einem Schwall über die Holzplatte, tränkte Servietten, das Deckchen und die Zuckerstückchen auf einem Teller und spritzte beim Aufprall auf den Boden in alle Richtungen. Das Wasser, das seitwärts vom Tresen rieselte und tropfte, nährte ein kleines Rinnsal, das nach hinten in den Gastraum floss.

Die Vorführung verfehlte ihre Wirkung nicht. Ein aufgebrachtes Geschnatter brach los, vor allem Maggi war außer sich. Auch Dr. Grunwald konnte nicht fassen, was er hier soeben miterlebt hatte. Banjo schüttelte nur wild den Kopf hin und her, während er mit Tüchern versuchte, den Schaden zu begrenzen. Nur Thessi, die beim Aufprall des Bechers zurück gehopst war, fing plötzlich lauthals zu lachen an.

Banjo blickte sie durch seine dicken Brillengläser böse an.

„Ihr seid ja alle bekloppt!", schimpfte er, dann fehlten ihm die Worte. Er erging sich wieder nur in Kopfschütteln.

Stefan ließ die Aufregung befriedigt lächelnd mit schief gelegtem Kopf auf sich einwirken. Dann sagte er:

„Das war gut! Sogar sehr gut war das!" Damit wurde er aktiv, ließ sich von Banjo einen Aufwischlappen geben und kniete sich nieder, um den Tresensockel und den Fußboden zu trocknen. Das Wasser war inzwischen bis zu den Klappsitzen geflossen, wo auch der Becher hingerollt war. Wolf hatte ihn schon aufgehoben und hielt ihn nun grinsend Stefan hin, der auf dem Fußboden herumwischte.

„Oh mein Gott!", rief dieser, „sind Sie etwa nass geworden? Das täte mir wirklich sehr leid, ich wollte bestimmt niemanden schädigen!"

„Ist ja nur Wasser, wie Sie schon sagten", gab Wolf Göde zur Antwort.

„Bitte!", sagte Stefan, „tun Sie mir den Gefallen und lassen Sie mich das wieder gut machen! – Was möchten Sie trinken? Ich lade Sie ein! Bitte kommen Sie doch einen Moment zu uns an die Bar!"

Wolf zögerte, es war ihm zuviel des Guten für ein am Saum bespritztes Hosenbein. Doch Stefan blieb hartnäckig, also gab er schließlich nach. „Na gut, für mich dann auch einen Glühwein bitte!"

Stefan rief erfreut in Richtung Theke: „Banjo, machst du noch einen? Oder nein, mach zwei, für mich jetzt auch ein Schlückchen!"

Banjo grollte noch, während er an der Thermoskanne die Becher füllte.

„Ihr seid doch alle bekloppt, Mann, so was hab ich auch noch nicht erlebt."

Sein Schnurrbart wippte aufgeregt, während er sprach.

„Und wer kommt für den Blödsinn auf? Die Servietten sind hin, den Zucker kann ich wegschmeißen und guck dir das Deckchen an!"

Dabei hielt er das klitschnasse Tischdeckchen wie ein Wischtuch in die Luft.

„Nur noch Chaos hier, Mann, Mann! Glaubst du, mein Chef zahlt das alles?" Er erging sich wieder in heftigem Kopfschütteln. Stefan hatte währenddessen seine Geldbörse gezückt und hielt Banjo nun einen 20-Euro-Schein hin. Als Banjo nicht gleich zugriff, bat er versöhnlich: „Nu nimm schon, Banni, komm, keiner soll hier Schaden haben durch meinen Quatsch. Das war's mir echt wert!"

Banjo nahm schließlich den Schein, steckte ihn aber nicht ein, sondern legte ihn hinter sich in die Kasse. Nie im Leben hätte er sich bereichert, aber er hatte auch keine Lust, Miese zu machen und aus eigener Tasche dafür aufzukommen. Dafür verdiente er hier echt zu knapp.

Jedenfalls ließ das Kopfschütteln jetzt nach, so viel hatte Stefan erreicht. Er wandte sich wieder seinem Gast zu, den er ja eingeladen hatte.

„Sorry noch mal für die nasse Hose, ich hätte nie gedacht, dass das so weit spritzen kann! Ich heiße übrigens Stefan. Stefan Wunder. Aber wir bleiben hier beim Du, wenn's recht ist."

„Wolf Göde – also Wolf."

„– und die anderen werten Herrschaften hier …", – er wies in einem geschwungenen Bogen theatralisch in die Runde – „sind meine Pendlerkollegen, auf ewig verbunden!" Und damit stellte er Thessi, Maggi und den Doktor vor, denen Wolf förmlich, aber herzlich die Hand reichte. Es war ja nicht so, dass sie alle ihm ganz fremd gewesen wären. Denn auch Wolf fuhr schon seit längerer Zeit sehr regelmäßig Bahn, ziemlich genau seit fünf Jahren sogar schon, seit er damals die feste Stelle beim Umweltamt bekommen hatte. Oft war er auch im Caféwagen, aber er hatte immer die Abgeschiedenheit gesucht, um zu dösen, zu schreiben oder einfach nur seinen Gedanken nachzuhängen. Natürlich hatte er schon so einige Diskussionen mitbekommen, die am

Bartisch im Lauf der Jahre geführt worden waren. Er kannte sogar so manches persönliche Detail der Mitreisenden, weil er sie ungewollt belauscht hatte, wenn er dort still auf seinem Klappsitz hockte.

Andererseits wussten die anderen Pendler gar nichts von ihm, sodass der heutige, unverhoffte, Kontakt ihnen eigentlich sehr gelegen kam. Denn natürlich hatten sie ihn dort bemerkt, seine Ungeselligkeit jedoch respektiert und ihn nach und nach mehr wie ein Inventar verstanden, denn als Mitreisenden. Er saß dort halt und schrieb, immer leger gekleidet, Jeans, T-Shirt, bei kaltem Wetter wie heute eine lässige Pulloverjacke mit Kapuze, Sportschuhe mit abgewetzten Sohlen, wetterunabhängig und braunes Haar, dessen Sturmfrisur längst einmal wieder einen Schnitt vertragen konnte.

Diesmal war es nicht der Doktor, sondern Stefan, der das Glas zu einem Trinkspruch erhob.

„Auf dass alles Nasse wieder trocken werde und keine Flecken mache!", feixte er munter.

„Und darauf, dass dein Aussetzer gerade ein Einzelfall bleibt und die anderen die Nerven behalten", konterte Maggi, die immer noch nicht glauben konnte, wie kindisch sich ihr Kollege benommen hatte, und die sich dafür insgeheim vor Wolf schämte, obwohl sie gar keine Verantwortung trug.

Stefan zwinkerte ihr schelmisch zu, und während sie an ihren Bechern nippten, musste Thessi schon wieder lachen.

„Also, ich fand das echt witzig! Gar nicht so sehr den Becher, aber wie ihr geguckt habt, das hätte man echt knipsen sollen, das war der Wahnsinn!"

Wolf Göde antwortete ihr spontan: „Ja, das war so eine Art Pappbecher-Revolution." Der Doktor lachte schallend.

„Stefan, unser Schmalspur-Revoluzzer!" Stefan ließ sich nicht ärgern, im Gegenteil, er war genauso begeistert über die Wortschöpfung.

„Ja!", rief er, „er hat es! Ein bisschen Revolte, Auflehnung, nur so ein ganz kleines bisschen, einfach mal bekloppt sein. Herrlich!"

Maggi schaute mitleidig. „So was kann auch nur euch Männern einfallen", seufzte sie, „das Kind im Manne. Infantil. So was soll im Alter immer schlimmer werden."

Doch Thessi widersprach: „Och, so ein bisschen verrückt sein find ich auch als Frau ganz okay. Bringt doch Spaß!"

Spaß war ein gutes Stichwort, auf das alle erneut die Becher hoben. Der Zug stand nun schon eine gute halbe Stunde bewegungslos. Die Durchsagen aus dem Lautsprecher hatten aufgehört. Auch der Zugbegleiter, der wieder einmal vorbei kam, konnte nichts Genaues sagen, außer, dass es wohl kein Selbstmord gewesen war, der die Verzögerung verursacht hatte. Man sprach von einem Unfall am nächsten Bahnübergang. Ein Auto war offensichtlich auf die Schienen geraten und mit dem herannahenden Güterzug kollidiert. Ob Personen zu Schaden gekommen waren, wusste er nicht. Jedenfalls war die Unfallstelle unpassierbar. Das hörte sich nicht gut an, fand auch Banjo. Manch einer der Passagiere im Zug war schon auf die Idee gekommen, dass man doch einfach zurück fahren könne bis zum letzten Bahnhof, damit wenigstens die Möglichkeit bestand auszusteigen, einen Schienenersatzverkehr zu organisieren oder sonst wie von dort weg zu kommen. Aber irgendetwas schien dagegen zu sprechen, der Zug stand wie angewurzelt.

Im Caféwagen hatte sich dennoch eine recht ausgelassene Stammtischatmosphäre entwickelt. Sicher trug der Schuss im Glühwein einiges dazu bei, dass immer wieder laute Lachsalven durch die rum- und weingeschwängerte Luft dröhnten. Einzig Stefan wurde mit der Zeit ein wenig nervös, da er gerne geraucht hätte, doch dazu bestand hier im Zug leider überhaupt keine Gelegenheit.

Wolf Göde hatte sich inzwischen mit allen bekannt gemacht und fühlte sich schnell vertraut im Kreis der Pendler. Das „Du" ging ihm leicht über die Lippen, und genauso gut fühlte es sich an, mit „Wolf" und nicht mit „Herr Göde" angesprochen zu werden. Wolf mochte solche Förmlichkeiten ohnehin nicht besonders. Die englische Sprache kam auch ohne diese Respektformel aus, und in Deutschland war es unter Handwerkern, Nachbarn oder zum Beispiel auch Leidensgenossen ebenfalls längst üblich, darauf zu verzichten.

Die Pendler hatten sich gegenseitig von ihren Berufen erzählt. Dr. Grunwald von der Anwaltskanzlei, in der er als Jurist arbeitete, Margot und Stefan von der Schule und Thessi vom Schuhladen. Auch private Dinge wurden sehr offen besprochen, fast wie unter Freunden. Auch Wolf selbst gab manches von sich preis. Dass er schon seit einigen Jahren im Ordnungsamt arbeitete, aber noch immer in seinem Heimatdörfchen an der Bahn wohnte, in dem er aufgewachsen war. Er hatte dort all seine Freunde und seine Mutter lebte dort, um die er sich kümmerte. Zwar war er schon vor Jahren dort ausgezogen und hatte sich eine kleine Mietwohnung gesucht, doch es waren keine fünf Minuten zu Fuß zu seinem Geburtshaus, sodass er bequem regelmäßig nach dem Rechten sehen konnte. Er hatte in naher Zukunft nicht vor, von dort wegzuziehen, näher an den Arbeitsort, wie ihm die Kollegen immer wieder empfahlen. Außerdem schwärmte Wolf vom Zugfahren, welches er sehr genoss, um abzuschalten und seinen Gedanken nachzuhängen. Ob er denn ganz alleine wohne? Ja, nein, eine Freundin habe er nicht. Junggeselle. Noch mit fünfunddreißig. Irgendwie hatte sich das noch nicht ergeben. Aber sein Leben außerhalb des Büros sei relativ unstet, viel unterwegs, auf Lesungen, Konzerten, die Wochenenden seien meistens ausgebucht.

Was er denn da so zu Papier bringe, fragte der Doktor beiläufig. Das fanden auch alle anderen sehr interessant und freuten sich über die Gelegenheit, etwas darüber zu erfahren.

„Na ja, so dies und das", druckste Wolf herum, dem es unangenehm war, darüber zu sprechen. Doch damit gab sich die Gesellschaft keineswegs zufrieden und bohrte weiter. Wolf kam nicht umhin etwas ausführlicher zu erzählen.

„Das meiste sind kleine Gedichte, vorwiegend witzige Sachen – also was ich so witzig nenne. Wenn mir was einfällt, schreib ich auch Kurzgeschichten oder kleinere Texte."

Er erzählte nach weiterem Drängen, dass er hin und wieder auch an Wettbewerben teilnahm und der eine oder andere Text auch schon mal den Weg in eine Gedichte- oder Geschichtensammlung gefunden hatte. Nichts Großes, nur so als Hobby, als Zeitvertreib. Es musste natürlich darauf hinaus laufen und es dauerte auch gar nicht lange, bis Maggi, die sehr gespannt zugehört hatte, darum bat, dass Wolf doch mal was vorlesen sollte. Als Wolf widerstrebend sein Schreibbuch aus der Aktentasche hervorsuchte, klatschte Thessi begeistert in die Hände, dass die silbernen Kreolen an ihren Ohren tänzelten und wippten. Wolf blätterte herum, bis er etwas fand, das er vortragen konnte. Seine Zuhörer warteten gespannt, bis Wolf einen seiner kleinen Kalauer zum Besten gab.

Er erntete stürmisches Gelächter für seine Pointe und kam nicht umhin, noch weitere Verse zu rezitieren. Zunächst suchte er andere Albernheiten, doch er wurde mutiger und traute sich bald, auch Hintergründiges oder Gefühlvolles zu Gehör zu bringen. Sie hatten solch einen kurzweiligen Spaß, dass die Zeit wie im Flug verging und Stefan gar nicht zum Zeitung lesen kam. Banjo kam nicht zu kurz dabei, sein Getränkebestand dezimierte sich zusehends. Selbst er hatte Spaß an den Versen, doch das bemerkte man erst, als er plötzlich sagte: „Junge Junge! Da ist Goethe aber auch nicht viel besser!"

Die Gruppe lachte wieder los, vor allem Stefan war von dem Vergleich angetan.

„Wolf Goethe!", johlte er, „herrlich! Jetzt hast du deinen Spitznamen weg!"

Der Doktor schmunzelte: „Na wunderbar, wir haben hier unseren Privat-Goethe!"

Wolf war es nicht recht, mit seinen holprigen Versen mit dem deutschen Meister der Dichtkunst verglichen zu werden, aber es lag andererseits eine nette Ironie darin, das musste er zugeben, und ein wenig geschmeichelt fühlte er sich natürlich schon.

Plötzlich rief Thessi in die Runde: „Der Caféwagen-Goethe und die Pappbecher-Revolution!"

Stefan war verzückt: „Wunderbarer Buchtitel! Maggi, das wär mal was für deinen Deutsch-Unterricht, nicht immer nur die alten Kamellen! Stellt euch mal eine Klassenarbeit vor: Reihernde Geier, Gedichtinterpretation!"

Maggi konterte trocken in die Lachsalven hinein: „Dazu müsste so ein Buch erst mal geschrieben werden!" Auf den Vorschlag, den neuen „Goethe" im Unterricht zu behandeln, ließ sie sich nicht ein. Aber sie musterte den jungen Schriftsteller und grinste ihn freundlich an.

Wolf nahm ihr den Korb nicht übel. Im Gegenteil, er sah es im Grunde genauso wie sie. Er fühlte sich mit seinen Textchen in einem Caféwagen besser aufgehoben als auf dem Schülerpult.

Da hatte plötzlich der Doktor eine Idee.

„Hört mal!", sagte er und beugte sich vor, damit ihn alle verstehen sollten. „Wenn so ein Buch noch nicht geschrieben ist, warum sollte es dann nicht langsam mal verfasst werden?" Alle sahen ihn verständnislos an. „Na ich meine, unser Caféwagen-Goethe hier könnte doch mal was über uns schreiben: Die Pendler!" Er wandte sich jetzt an Wolf: „Meinst du, wir bieten genug Stoff für eine kleine Geschichte?"

Doch bevor Wolf antworten konnte, schlug Stefan dem großen Dr. Grunwald entflammt auf die Schulter.

„Mensch Dok, was für ein Gedanke! Wir bräuchten nicht mehr selbst die Wassergläser umzustoßen – Goethe macht das für uns! Er lässt uns die verrücktesten Dinge erleben und befreit uns ganz und gar risikolos aus unserem langweiligen Alltagstrott! – He, Goethe, was meinst du?"

Wolf war mit dieser Entwicklung überfordert.

„Ich kenne euch doch kaum! Was soll ich denn da schreiben?"

Doch Thessi hatte ebenfalls Feuer gefangen.

„Ist doch egal, einfach was frei Erfundenes! – Du könntest den Doktor zum Beispiel mal endlich im Lotto gewinnen lassen!"

Grunwald lachte.

„Oder Thessi könnte die Liebe ihres Lebens kennen lernen! Nicht immer nur Katastrophen, he?"

„Und Banjo packt plötzlich seine Klampfe wieder aus!", spann Stefan, woraufhin Banjo muffelte: „Hör doch auf, das alte Ding! Für den Sperrmüll vielleicht!"

Maggi war der Unterhaltung bislang stumm gefolgt und meinte nun skeptisch: „Ich wüsste nicht, was ihm zu mir einfallen könnte. Ich bin mir auch nicht sicher, ob ich überhaupt will, dass ihm was einfällt." Dabei schaute sie Wolf offen und forschend in die Augen und er wusste diesen Blick nicht zu deuten. Er schaute irritiert zur Seite, denn er bemerkte plötzlich eine weiche Geschmeidigkeit an ihr, etwas katzenhaftes, das ihm bislang hinter ihrer dunklen Brille und dem streng hochgesteckten Haar verborgen geblieben war.

„Es muss doch nichts Großes sein, Maggi", beschwichtigte Stefan. Er soll ja keine Lebensträume entwerfen. Nur einfach ein paar kleine Pappbecher-Revolten. Irgendwas Verrücktes."

„Außerdem ist es ja auch nur so für uns. Liegt ja nicht als Bestseller irgendwo rum", argumentierte Thessi und schaute Wolf herausfordernd an.

Aber schon wieder blieb Wolf eine Antwort schuldig, denn in diesem Moment ruckte plötzlich der Waggon und der Zug setzte sich ganz langsam wieder in Bewegung. Die Abteile belebten sich, Erleichterung machte sich breit. Wieder wurden überall die Handys gezückt, Dienststellen oder Angehörige benachrichtigt.

Auch bei den Pendlern schwenkte das Thema rasch um, man freute sich gemeinsam über die Weiterfahrt, zahlte die Zeche bei Banjo und dachte an den weiteren Tagesablauf. Die Fahrt bis zum Zielbahnhof war nicht mehr lang, man konnte schon bald daran denken, die Mäntel und Schals wieder anzulegen.

„Ich überleg es mir", sagte Wolf, als Thessi und der Doktor zum Abschied noch einmal danach fragten.

„Super! Und wenn es nichts wird, ist es auch nicht tragisch."

„Genau!", mischte sich Stefan ein, „dann schmeißen wir unsere Becher eben wieder selber um!"

„Aber ein Gedicht hören wir noch mal bei Gelegenheit, versprochen?", bat Dr. Grunwald.

„Kein Problem, na klar. Nur, ob ich so eine Pappbecher-Geschichte hinkriege, kann ich echt nicht versprechen. Da müsste man ganz anders dran gehen und richtig Zeit haben."

„Na, dann vielleicht später, nach der Pensionierung." Maggi sah Wolf herablassend und gleichzeitig provozierend ins Gesicht. Er hielt ihrem Blick diesmal stand, bis sie beide lächeln mussten.

Dann brachen sie auf. Verabschiedeten sich von Banjo und untereinander, verließen das Abteil und den Zug. Maggi und Stefan machten sich zu Fuß auf den Weg zum nah gelegenen Gymnasium, Thessi lief in die andere Richtung zur Innenstadt, der Doktor musste noch ein Stückchen mit dem Bus weiter und hetzte zum Busbahnhof, um seinen Anschluss zu erreichen.

Wolf holte sein Rad bei der Fahrradstation ab, band die Kapuze seiner Jacke unter dem Kinn fest und fuhr über den Stadtring im nieselnden Regen zum Rathaus. Das war jetzt genau das Richtige, um sich den Kopf frei zu pusten. Der Glühwein hatte seine Wangen erhitzt und der Gedanke an die Pappbecher-Revolution hielt ihn immer noch gefangen. Wie sollte er das anstellen? Ein Konzept musste erarbeitet werden. Oder sollte er einfach mal drauflos schreiben? Erst mal sacken lassen, dachte er. Er brauchte etwas Zeit, um darüber nachzudenken. Doch die Idee faszinierte ihn, genauso wie die Entdeckung von Maggis sinnlicher Weichheit hinter der Hornbrille, an die er immer wieder denken musste.

3. Freitag

Dr. Grunwald hatte seinen Bus knapp verpasst. So tragisch war das nicht, da er nur zehn Minuten warten musste, seine Linie fuhr sechsmal in der Stunde, da sie die Hauptroute durch die Stadt bediente. Also stand er mit den Händen in den Manteltaschen, die Mütze tief im Gesicht und die Schultern hochgezogen, unter dem Dach des Bussteigs und wartete fröstelnd. Seine Gedanken schweiften zurück zum Caféwagen, in dem er eben Wolf Göde kennen gelernt hatte. Würde er sich wirklich etwas über die Pendler ausdenken? Es war eine Schnapsidee gewesen. Die ganze Situation kam ihm im Nachhinein so unwirklich und absurd vor, dass er fast zweifelte, ob er das überhaupt wirklich erlebt hatte. Den Sturz des Wasserbechers sah er noch deutlich vor sich, aber es spielte sich wie ein Film vor seinen Augen ab, nicht wie erlebte Realität. Dann musste er lächeln, als er an Thessis Begeisterung dachte, und an Banjos Kopfschütteln beim Aufwischen. War denn sein Leben wirklich so langweilig, wie Stefan behauptete? Gab es zu wenige solcher Unmöglichkeiten darin? Bislang hatte er nichts vermisst.

Natürlich war er hin und wieder unzufrieden und im Grunde glichen sich seine Tagesabläufe in der Woche ziemlich stark. Aber sein Beruf brachte ihn mit verschiedensten Menschen zusammen, er bearbeitete vor allem Scheidungsfälle, da ging es manchmal hoch her. Nein, unzufrieden war er nicht, auch wenn er meist erst spät nach Hause kam. Sein Sport am Wochenende erfüllte ihn, er lief seit gut zwei Jahren regelmäßig. Seine Frau und er gingen ins Theater, spielten Doppelkopf mit einem befreundeten Paar, unternahmen dies und das, er konnte wirklich zufrieden sein.

Jetzt musste die 538 gleich kommen, die ihn zum Büro bringen würde, bis fast vor die Tür.

Vorher fuhr noch die Linie 12 ein, mit Schwung kam der Bus an den Bordstein gerauscht, die Bremsen quietschten. Die Türen öffneten sich zischend, einige Menschen stiegen aus und ein. Dr. Grunwald stand vor der weit geöffneten Falttür, er spürte den warmen Dunst aus dem Fahrgastraum herauswehen. Ein Warnton erklang, gleich schlossen sich die Türen.

Und ohne nachzudenken stieg Grunwald ein.

Erst als der Bus wieder anfuhr, begann es in seinem Kopf plötzlich wie wild zu rotieren. Was, um alles in der Welt, hatte ihn veranlasst, in den falschen Bus zu steigen? Er hatte keine Ahnung, wo er jetzt hinfuhr, er kannte nur die Südstadt und die City, weiter nichts. Der Bus bog an der nächsten Kreuzung nach links ab und schon bald war Grunwald die Umgebung vollkommen fremd, die vor dem Fenster an ihm vorbeizog. Schwarzfahrer war er nicht, seine Monatskarte für den Zug galt auch im Busverkehr des Zielbahnhofes, das war schon mal beruhigend. Im Büro war er sowieso zu spät, ihn würde heute niemand pünktlich erwarten. Auch wichtige Termine lagen nicht an. Der Bus schnurrte zügig hinaus in die Vorstädte, die ihm nun plötzlich wie unentdeckte Inseln vorkamen, auf denen er allein ums Überleben kämpfen sollte. Er lachte innerlich über seine Robinson-Fantasie.

Dr. Grunwald stieg aus, als die Straße wieder belebter wurde. Der Bus hielt vor einem Juweliergeschäft, dessen Fenster und Eingang noch vergittert waren. Der Doktor schaute durch die Eisenrauten auf die Auslagen. Feiner Goldschmuck war dort ausgestellt und schicke Uhren. Grunwald fragte sich, wer in dieser Gegend solche teuren Sachen kaufte. Alles wirkte ärmlich und schmutzig. Graue, rissige Fassaden rahmten die Straße, die er nun neben parkenden Autos und überquellenden Mülltonnen hinunterlief. Eine Spielhalle, ein Sex-Shop, kleine türkische Lädchen mit blinden Scheiben, eine Döner-Bude mit einer blinkenden Neon-Reklame, die den Passanten „open-open" zuschrie. Ein gammeliges Internetcafé, dunkel wie eine Höhle. Kein Baum weit und breit, nur trostloses Pflaster mit bepinkelten Hausecken. Doch so trist die verfallene Stadtlandschaft ihm erschien, so belebt war sie andererseits. Junge Türkinnen mit Kopftüchern mieden beim Vorübergehen seinen Blick, ein kleiner Lastwagen wurde entladen und die Waren pfeifend in ein Geschäft geschleppt. Uralte Mütterchen wackelten mit Rollwägelchen oder Stöcken über den Gehweg. Eine Horde Kinder mit Schultaschen strebte lärmend und lachend einer wohl nahe gelegenen Schule zu.

Grunwald fühlte sich in seinem feinen Mantel unpassend und außen stehend, als unsichtbarer Beobachter einer ihm fremden Welt, in die er nicht gehörte. Er lief noch ein Stückchen und sog die Atmosphäre in sich auf, bevor ihn zu frösteln begann. Ihm war nach einem warmen Plätzchen, er blickte sich nach einer Möglichkeit um, irgendwo einzukehren. Ein hell erleuchteter Drogeriemarkt warb um ihn, doch was sollte er dort? Da fiel sein Blick auf eine kleine Zoohandlung auf der anderen Straßenseite. Dort wollte er sich umsehen, sich Fische und Wellensittiche anschauen und als Rechtfertigung möglicherweise eine Kleinigkeit kaufen – obwohl er kein Haustier besaß.

Mit dem Öffnen der Tür erklang ein klimperndes Glockenspiel, das ihn ankündigen sollte. Der warme, feuchte, fast schon tropische Duft weckte sofort Kindheitserinnerungen in ihm. Er hatte damals ein Aquarium besessen und war aus diesem Grund oft im Tiergeschäft gewesen. Wie untrüglich man sich an Gerüche erinnern konnte! Es musste vierzig Jahre her sein, dass er vor den Neonsalmlern und Guppys gestanden hatte und sich nur ganz schwer entscheiden konnte, welche der bunten Lebewesen er kaufen sollte. Am liebsten hätte er alle genommen.

Als er die Tür geschlossen hatte, vernahm er Vogelgezwitscher. Irgendwo mussten hier Piepmätze sein, doch vor lauter Regalen mit Futter und Zubehör aller Art sah er zunächst nichts. Plötzlich rief von irgendwoher eine Stimme: „Bin sofort bei Sie!"

„Kein Problem!", antwortete Jan Grunwald, „Ich schau mich nur ein bisschen um!"

Da keine Antwort kam, suchte er sich einen Weg durch die Körbe und Kisten, die die Gänge zwischen den Regalen verstellten. Der Laden war viel größer, als man von außen vermuten konnte. Zwischen riesigen Hundefutter-Säcken hindurch erblickte er hinter einem schmalen Durchstich die Aquarien, die im Neonlicht sanft leuchteten. Er stieg über einen Korb mit Hundespielzeug und linste um das nächste Regal herum. Dort weitete sich der Raum zu einem kleinen Saal, an dessen hinterer Wand eine Reihe von Ställen aufgestellt war, in denen es recht lebhaft zuging. In den Boxen tummelten sich Meerschweinchen, Kaninchen, Hamster und kleine Mäuse in der Streu, denen Grunwald eine Weile bei ihrem Spiel zusah.

Doch seine Aufmerksamkeit wurde durch das Krächzen und Zetern der Vögel abgelenkt, das hier viel lauter zu hören war. Er bemerkte den Eingang zu einem weiteren Nebenraum, den er neugierig betrat. Hier war die Quelle des Vogellärms. In mehreren Volieren piepsten und schnatterten Wellensittiche, Kanarienvögel und andere bunte Gesellen, deren Namen Grunwald nicht kannte. Er bestaunte die Vielfalt des Lebens hier im Hinterzimmer.

Mit einem Mal beschlich ihn ein seltsames, ungutes Gefühl, als würde er beobachtet. Er rechnete schon damit, dass der Ladenbesitzer hinter ihm stehen würde. Doch als er sich umdrehte, wich er einen Schritt zurück und atmete tief durch. Dort hinter ihm stand ein weiterer, großer Käfig, in dem still ein pechschwarzer, großer Rabenvogel auf einer hölzernen Stange hockte. Der Vogel musterte ihn mit etwas schief gelegtem Kopf und einem misstrauischen, doch kecken Blick. Grunwald war schwer beeindruckt. Jetzt rückte das Tier ein Stückchen nach rechts und wieder zurück und öffnete ein wenig den Schnabel, als wolle es etwas sagen.

Doch es blieb stumm, sodass der Doktor als Erster das Wort ergriff: „Hey! Du hast mir aber einen Schrecken eingejagt, weißt du das?" – Der Rabe fixierte ihn unablässig.

„Da gehen Se mal nich zu nah ran!"

Grunwald fuhr der nächste Schreck in die Glieder.

„Der hackt!"

In diesem Moment sprang der Rabe flatternd von der Stange, stürzte sich nach vorn gegen die Stäbe seines Käfigs und krächzte hässlich und durchdringend.

„Mein Gott!", entfuhr es Grunwald, „du bist ja vielleicht angriffslustig!"

„Sag ich doch!", dröhnte es schräg hinter ihm, sodass sich Grunwald umzingelt fühlte. Denn dort stand Heinz Konopka, der Zoohändler, und blickte den ungewöhnlichen Kunden mit der Aktentasche und der Schlägermütze interessiert und munter an.

„Wo haben Sie den denn her?" Grunwalds Frage klang nahezu entrüstet.

„Den haben se mich vor die Tür gesetzt", antwortete Heinz Konopka in einem akzentfreien Ruhrpottdialekt. „Angekettet am Fahrradständer! Wie inne Babyklappe. Die Leute wissen, dat ich ein echten Tiernarr bin. Da kommt sowat schoma vor."

Der temperamentvolle, kleine Mann war sehr gesprächig. Grunwald musste aufpassen, dass er ihn ernst nahm, denn seine Sprache machte ihn unfreiwillig zu einem Komiker, jedenfalls für einen Außenstehenden wie den Doktor.

„Na Gott, besser, als wenn se son Kerl vergiften. Den kannze nichma freilassen, kommt der nich zurecht. Der is mitte Hand aufgezogen, dat siehße sofort. Den konnt ich so aufe Flosse nehmen. Is nur total verstört un sowat von ein Krawallschläger!"

Damit trat Heinz Konopka einen Schritt auf den Käfig zu und streckte die Hand aus. Sofort erhob sich ein krächzender Lärm, der Rabe schlug wild mit den Flügeln und schnellte den Kopf nach vorn, um den wehrhaften Schnabel als Waffe einzusetzen.

„Is übrigens kein Rabe. Is ne Krähe. Kannze gut am Schnabel erkennen. Is außerdem en ganzet Stück kleiner."

Die Türglocke bimmelte, und Herr Konopka entschuldigte sich. „Kundschaft", sagte er und ging nach vorn in den Verkaufsraum.

Der Doktor und die Krähe waren allein und betrachteten sich stumm. Grunwald streckte ganz vorsichtig den Arm aus, langsam, langsam, bis seine Hand die Gitterstäbe berührte. Die Krähe begann auf der Stange nervös hin und her zu tänzeln. Grunwald redete sanft auf das Tier ein.

„Du heißt jetzt Freitag, mein Freund", sagte er, einer plötzlichen Eingebung folgend, „brauchst keine Angst vor mir zu haben. Wie lange du wohl schon nicht mehr durch die Lüfte geflogen bist? – Wie du mich so anschaust, könnte man meinen, du verstehst jedes Wort, das ich sage."

Die Krähe war sichtlich nervös und doch auch neugierig, aber sie traute sich nicht näher heran. Grunwald beugte sich bedächtig hinunter zu seiner Aktentasche, die zwischen seinen Füßen stand, und holte seine Frühstücksdose hervor. Er riss ein kleines Stück Kochschinken aus dem Brot und hielt es der Krähe hin.

„Komm schon, Freitag. Nimm es einfach. Ein kleines Freundschaftsangebot."

Er redete leise und gleichmäßig weiter, doch der Vogel rührte sich nicht. Erst als Grunwald für einen Moment hinunter zu seiner Aktentasche schaute, die er mit dem Fuß zurechtrückte, weil sie umzufallen drohte, hüpfte der grandiose Vogel mit einem Satz auf die vordere Stange, um die Beute zu erreichen. Grunwald schaute angestrengt weiter zu Boden und spürte, wie die Krähe mit dem mächtigen Schnabel daran zupfte. Grunwald fütterte den Vogel weiter, konnte schließlich den Blick wieder erheben und merkte bald, dass sein Gegenüber etwas zutraulicher wurde.

Heinz Konopka war immer noch mit seinem Kunden beschäftigt. Jetzt wagte Jan Grunwald den nächsten Schritt. Ganz langsam öffnete er den Verschluss des Gitters, zog die Tür einen Spalt auf und streckte sehr behutsam seine Hand in den Käfig. Auf die Armbeuge legte er einen neuen Schinkenköder.

Die Krähe wich hastig zurück auf die hintere Stange und beobachtete argwöhnisch die Annäherung. Sie wartete noch ein Weilchen, und als Grunwald erneut wie nebensächlich zu Boden schaute, wagte sie es. Mit einem Flügelschlag sprang sie auf Grunwalds Hand, tapste zwei Schritte nach vorn und pickte nach dem Schinken. Als Grunwald aufsah, flog die Krähe nicht wieder fort, sondern begann neugierig, den Stoff des Hemdärmels zu untersuchen. Grunwald bebte vor Aufregung. Er redete ruhig auf den Vogel ein und näherte sich mit dem Kopf der Käfigöffnung, bis er nur noch wenige Zentimeter entfernt war. Freitag kam noch einen Schritt näher, kam mit dem Kopf an die Öffnung und begann, Grunwalds Nase zu inspizieren.

Genau in diesem Moment kam Konopka zurück.

„So, da bin ich wieder!", schmetterte er aufgekratzt. Die Krähe erschrak heftig, hackte mit dem Schnabel nach Grunwalds Gesicht und flatterte panisch kreischend in die hintere Käfigecke zurück.

Konopka war außer sich. „Junge, bist du lebensmüde? Wat machen Sie denn da!" Er riss Grunwalds Arm zurück und schloss mit einem Ruck die Käfigtür. „Mensch, die hackt Sie dat Auge raus! – Zeigense ma, Hat se Se erwischt?"

Grunwald hatte sich im Reflex weggedreht, sodass der scharfe Schnabel ihn nur an der Wange getroffen hatte. Er blutete etwas, doch ein Pflaster lehnte er ab. Mit einem Taschentuch tupfte er die Wunde ab. Es war ein kleiner Riss, nichts weiter passiert, halb so wild, doch der Schreck saß noch in seinen Gliedern.

Er sah Konopka, dann die lauernde Krähe an und fragte unvermittelt: „Was soll sie kosten?"

Konopka blickte erstaunt und antwortete: „Na da hamse wohl nen Narren dran gefressen, wa? Is aber nich einfach zu halten, überlegen Se sich dat lieber nochma. Die bringen Se mir in zwei Wochen wieder zurück, dat prophezeih ich!"

„Nein", sagte Grunwald bestimmt. „Ich möchte, dass die Krähe hier bei Ihnen bleibt. Ich zahle für das Tier, die Verpflegung und die Versorgung. Jeden Freitag komme ich her, um mich um sie zu kümmern. Meinen Sie, das geht?"

Konopka schüttelte verständnislos den Kopf, willigte jedoch schließlich ein, zumal er selbst an dem wilden Vogel hing und ihn gern im Laden behalten würde. Über einen monatlichen Preis wurden sie sich schnell einig. Grunwald handelte nicht und bezahlte im Voraus für drei Monate. Konopka nahm das stolze Sümmchen erfreut in Empfang. Grunwald warf noch einen letzten Blick auf Freitag, seine neue Krähe, und verließ dann mit Gebimmel den Laden.

Auf dem Rückweg im Bus schwirrten seine Gedanken im Kopf. Er hatte sich einen Raben gekauft! Nein, eine Krähe, er hatte sie Freitag getauft, und sie hatte auf seinem Arm gesessen! Für einen Moment hatte er sich überlegt, sie mit nach Hause zu nehmen, aber diese Idee hatte er schnell wieder verworfen. Ein Haustier bei Grunwalds! Seine Frau würde zu Recht zu bedenken geben, dass solch ein großer Vogel sie in ihren Unternehmungen stark einschränken würde. Und dazu war zu erwarten, dass es nicht ohne zerrissene Polster und Vogelkot auf den Regalen gehen würde. Denn keinesfalls sollte Freitag weiterhin immer nur im Käfig hocken. Er hatte sich vorgenommen, ihn soweit zu zähmen, dass er auch in der Freiheit bei ihm blieb. Und außerdem: Grunwald wollte es auch gar nicht. Freitag gehörte nicht in sein Alltagsleben. Er gehörte auf seine Robinson-Insel dort im ärmlichen Vorstadtgewühl! Sein kleines Geheimnis, das er mit niemandem teilen wollte!

Grunwald musste lächeln. Was hätte nur alles dagegen gesprochen, wenn er darüber nachgedacht hätte! Er war so vollkommen gegen seine Art, in seinen Entscheidungen einfach der Intuition gefolgt. Ohne abzuwägen. Ohne die Risiken ins Kalkül zu ziehen. War einfach in einen falschen Bus gestiegen, mein Gott! Er hatte einen Handel besiegelt, der augenscheinlich überhaupt keinen Vorteil brachte, sondern nur Sorgen und Verantwortung. Wozu brauchte er einen Vogel? Tagtäglich predigte er mit erhobenem Zeigefinger von Gütertrennung und Rechtsschutzversicherungen! Stets verglich er Preise und kaufte nur das, was er wirklich brauchte. Sein ganzes Denken war analytisch geschult, alles war geplant und durchdacht. Seine einzige irrationale Handlung war das Lotto-Spielen, so kam es ihm jetzt vor. Ein breites Lächeln zog über sein Gesicht.

Er musste plötzlich an Wolf Göde denken, der ihn wahrscheinlich gerade eine Million gewinnen ließ in seiner Geschichte. Er konnte ja nicht ahnen, wie falsch er damit lag. Das Lotto-Geld wurde ab sofort in Freitag investiert. Sollte Wolf ihn auf die Seychellen träumen oder auf eine Hochseeyacht in der Karibik. Grunwald würde währenddessen mit Freitag durch die Gassen streifen. Das konnte niemand erfinden, das hatte er ganz für sich allein.

Mit diesen Gedanken kam er zum Hauptbahnhof zurück. Er trat bestens aufgelegt den Weg zur Kanzlei an, wo eine Menge Arbeit auf ihn wartete.

4. Luna

Maggi saß wieder einmal bis in die Nacht zu Hause am PC. Der letzte Schultag vor dem Wochenende war nicht besonders anstrengend gewesen. Sie war nach der verzögerten Zugfahrt noch rechtzeitig zu ihrem Deutsch-Leistungskurs gekommen. Ihre Schüler hielten im Moment Referate. Sie konnte sich also entspannt hinten in den Klassenraum setzen und zuhören. Diesmal war das Thema „Lou Andreas-Salomé" gewesen, und sowohl der Vortrag als auch die anschließende Diskussion waren sehr lebhaft und interessant verlaufen – was durchaus nicht immer der Fall war.

Maggi war in Gedanken immer noch dabei, sodass sie nun am PC eigenständig nachrecherchierte. Zwar hatte sie von der Nietzsche-Muse natürlich schon gehört, jedoch die Zusammenhänge ihres Lebens noch nie näher betrachtet. Sie hatte sich jetzt vorgenommen, selbst ein kurzes Essay über diese Frau zu schreiben, das sie dann im „Schreibraum" veröffentlichen wollte. Sie schrieb seit über einem Jahr in diesem kleinen, aber feinen Literaturforum. Es waren zwar nur wenige User dort im Netz, aber sie hatte auch kein Massenforum gesucht, sondern eine intellektuelle Insel, auf der man sich literarisch anspruchsvoll austauschte. Maggi hatte sich dort im Forum als „Luna" angemeldet. Diese Anonymität war ihr wichtig, zumal es manchmal durchaus persönlich zuging und die Literatur auch schon mal in den Hintergrund rückte. Oftmals begannen die Herren der Schöpfung mit ihr zu flirten, woran ihr geheimnisvoll klingender Name sicher nicht unschuldig war. Sie konnte das lächelnd genießen und kannte ihre virtuellen Pappenheimer, mit denen sie gern im Chat die Grenzen des Anstands austestete. So manches Gedicht war ihr schon gewidmet worden und sie erfreute sich daran, der Antrieb für die verrücktesten Zeilen zu sein, die die Männer für sie schrieben.

Jetzt war die Muse Lou Salomé in ihr Blickfeld geraten. Zur Jahrhundertwende gab es noch keine Computer, doch sie verglich sich mit dieser selbstbewussten Frau, die sich einen „entriegelten Freiheitsdrang" zum Lebensmotto gemacht hatte und die Grenzen der Moral und der gesellschaftlichen Konventionen zu erkunden suchte. Immer noch hatte sie aus dem Referat einen Satz im Ohr, den die noch junge Lou ihrem damaligen Lehrer gesagt hatte: *„Wir wollen doch sehen, ob nicht die allermeisten so genannten ‚unübersteiglichen Schranken', die die Welt zieht, sich als harmlose Kreidestriche herausstellen."* Lou hatte ein Studium in Zürich aufgenommen, damals für eine Frau schon eine Auflehnung gegen das Gesellschaftssystem. So war sie in die Kreise der Philosophen und Dichter geraten, hatte sie verzaubert und inspiriert und deren Hofstaat ohne Schuldgefühle genossen. Aber immer war sie darauf bedacht gewesen, ihre Freiheit nicht aufzugeben. Als sie es nach außen hin durch eine Heirat doch tat, geschah dies unter der Bedingung, die Ehe nie zu vollziehen, um dennoch frei zu sein. Dieser Gedanke gefiel Maggi. Er hatte etwas mit ihr selbst zu tun.

Auch Maggi war verheiratet, sah ihren Mann allerdings höchstens am Wochenende, und ab und zu auch das nicht. Er war Dozent, weit weg an der Uni in München und hatte sich dort eine Zweitwohnung genommen, in der er die Woche über lebte. Wenn wichtige und aufwändige Vorbereitungen zu treffen waren, wenn er zum Beispiel am Montag einen Vortrag halten musste, blieb er auch samstags und sonntags dort. Er hatte natürlich nicht nur einmal vorgeschlagen, zusammen in die Nähe von München zu ziehen, doch das war für Maggi nie eine Option gewesen. Sie respektierte und schätzte ihren Mann sehr, seine Zielstrebigkeit, den Rationalismus, mit dem er die Probleme bewältigte, die die Mathematik und auch das Leben ihm zu bieten hatten.

Aber so wie sie ihn achtete und brauchte, so genoss sie auch den Abstand zu ihm. Viele Jahre hatte sie so ihren gemeinsamen Sohn praktisch allein großgezogen, der jetzt schon drei Jahre in Gießen lebte. Inzwischen war sie oft allein und hatte sich der Schule und ihrem Internetforum verschrieben. Ihre Träume, ihre Sehnsüchte, all das teilte ihr Mann nicht mit ihr, doch sie waren sich einig darin, sich nichts zu nehmen im Leben, sondern sich nur das zu geben, wozu sie imstande waren. Es war all die vielen Jahre eine gute und eine treue Ehe gewesen. Ihr hatte immer das Träumen gereicht. Als Lehrerin hatte sie sich zwar eine äußere raue Schale zugelegt, um bestehen zu können. Aber hier im Internet war sie Luna, die Geheimnisvolle, hier konnte sie ganz anders sein. Das lag natürlich auch an der sicheren Distanz, die der Äther ihr zu jedem verlieh, mit dem sie kommunizierte.

Doch je mehr sie sich in das Leben der Lou eindachte, je mehr sie beim Surfen im Netz über sie erfuhr, desto mehr identifizierte sie sich mit dieser Frau, deren Stärke und Selbstbewusstsein sie auch an sich selbst erkannte. Es gab noch vielerlei Parallelen, die ihr gefielen, selbst die Namen „Lou" und „Luna" waren sich sprachlich ähnlich. Auch dass Lou unter Brüdern aufgewachsen war und in ihrem Erwachsenenleben mehr mit Männern als mit Frauen anfangen konnte, verband sie beide. Nur dass Lou ihr Leben irgendwie echter gestaltet hatte als sie selbst, mutiger, mit größerem Risiko, aber unbeirrt auf ihrem eigenen Weg.

Während sie sich Bilder und Texte über Lou Salomé herunter lud, um sie für ihr Essay zu verwerten, dachte sie plötzlich an Wolf Göde. Er war der erste Schriftsteller, den sie persönlich kennen gelernt hatte und nicht im Netz. Na ja, Schriftsteller war vielleicht zu viel gesagt, aber seine Gedichte waren nicht schlecht. Sie gab seinen Namen in die Suchmaschine ein, ohne groß darüber nachzudenken. Wolf Göde. Hatte er eine Homepage? Wer war er, was machte er so? Schon hatte sie seinen bescheidenen Internetauftritt entdeckt. Ein paar Beispiele seines literarischen Schaffens, na ja, literarisch, wenn man das so bezeichnen wollte. Ein paar Bilder, die ihm nicht gerade schmeichelten, wie sie fand, seine Termine für Lesungen und Veranstaltungen, das Impressum und ein Gästebuch. Vielleicht sollte sie ihn in ihr Literatraum-Forum einladen? So schlecht waren seine Textbeispiele nicht, und vielleicht konnte sie dort etwas mehr über ihn in Erfahrung bringen? Immerhin bestand die Gefahr, dass er eine Erzählung anfertigte, in der sie eine Protagonistin sein sollte. Da war es doch gar nicht so dumm, ihn ein wenig im Auge zu behalten.

Sie zog gedankenlos im Sitzen auf dem Schreibtischstuhl ihre Söckchen gegenseitig mit den Füßen aus. Sie fühlte mit den Zehen und der nackten Sohle den kalten Stahl des Drehstuhlbeines, während sie in das geöffnete Fenster von Wolfs Gästebuch schrieb:

„Mit solch einem Internetauftritt wäre Goethe zwar höchstwahrscheinlich nicht berühmt geworden ... aber schön, dich hier entdeckt zu haben! Du weißt zwar nicht, wer ich bin, aber vielleicht hast du dennoch Interesse, dich auf dem Forum „Schreibraum" anzumelden? Schau doch mal vorbei! Gruß Luna."

Sie las die Zeilen noch ein paar Mal, bevor sie den „Senden"-Button drückte. Es klang gut, fand sie. Frech und unverfänglich, aber doch irgendwie geheimnisvoll. Sie war gespannt, ob er sich würde locken lassen.

Es dauerte keine zehn Minuten, bis Wolf zurück schrieb. Mit Spannung öffnete sie die gerade eingetroffene E-Mail und las:

„Ups, wer schreibt mir denn da so rätselhaft? Da hab ich aber Glück gehabt, dass ich gerade on war! Noch nie habe ich Grüße von einer Mondin bekommen! Dieses Geheimnis würde ich nur zu gern lüften – aber die Einladung in dein Forum möchte ich nicht so gern annehmen. Ich habe mit ähnlichen Seiten schon schlechte Erfahrungen gemacht. Außerdem sitze ich schon den ganzen Tag im Büro vor der Kiste. Sorry also, wenn ich skeptisch bin. Andererseits möchte ich unbedingt mal eine Mondin kennen lernen! Deshalb mein Gegenvorschlag: Schau doch mal in meine Terminliste, vielleicht ist was in deiner Nähe dabei. Komm einfach vorbei, das Meiste ist auch noch ohne Eintritt! Ich bin absolut gespannt, ob ich dich erkennen werde. Obwohl ich mir da eigentlich so ziemlich ganz sehr sicher bin. Eine Mondin erkennt man bestimmt auch mit geschlossenen Augen. Ciao, hoffentlich bis bald! Wolf."

Maggi war perplex. Erstens über die schnelle Antwort, zweitens über die offene, fast schon vertraute Unbefangenheit, mit der Wolf zurück schrieb. Hatte er sie etwa schon erkannt? Das war unwahrscheinlich, obwohl die Goethe-Anspielung ihn vielleicht stutzig gemacht hatte. Sie schaute sich seine Termine an. So ganz weit konnte es ja nicht sein, er fuhr ja schließlich mit ihr im Zug.

Ihr Mailfach hatte eine neue Nachricht. Wieder von Wolf. Sie musste lächeln, als sie las: „Vielleicht morgen? Gelsenkirchen? Oder ist das zu weit? Wäre der Hammer! Gruß Wolf."

Sie schrieb zurück: „Mal schauen. Luna" Doch ihre Entscheidung war längst gefallen.

Der nächste Tag war von der Vorfreude auf den bevorstehenden Abend geprägt. Sie würde eine Lesung besuchen und wunderte sich, dass sie nicht viel eher auf eine solche Idee gekommen war. Den Geburtstag bei den Nachbarn hatte sie schon abgesagt. Jetzt vertrödelte sie die Stunden, bügelte ein bisschen und machte sich endlich für ihren Ausflug zurecht.

Als sie sich im Spiegel betrachtete, musste sie sich selbst über sich wundern. Sie trug ihr dunkelbraunes Haar seit langem mal wieder offen, es fiel ihr bis auf die Schultern. Sie hatte sich nicht so grell wie sonst, sondern sehr dezent geschminkt. Sie wollte auch äußerlich Luna sein und nicht Maggi. Sie trug eine Jeans und eine legere, dunkelblaue Flanellbluse, unter der sie keinen BH, sondern nur ein Unterhemdchen anhatte, dessen weiße Spitzen man im Ausschnitt gerade erkennen konnte. Maggi war mit sich zufrieden. Sie wirkte weich und warm, die ganze aufgesetzte Strenge ihrer Lehrererscheinung war von ihr gewichen – was auch daher kam, dass sie auf die dunkle Brille verzichtete, die sie eigentlich auch nur zum Lesen benötigte. Sie suchte ihre bunte Stoffhandtasche und machte sich mit dem Wagen auf den Weg ins Ruhrgebiet.

Das kleine Kneipencafé hatte einen gemütlichen Hinterraum mit einer winzigen Bühne, auf der ein Tisch mit einer Lampe, einem Mikrofon und einem Blumenstrauß dekoriert war. Die Hinterwand war mit einem tiefroten Vorhang verhangen, der dem Raum die Atmosphäre eines gemütlichen Zimmertheaters verlieh. Es waren etwa dreißig Zuhörer im Raum, die an hölzernen Tischchen mit weißen Deckchen saßen, und Luna suchte sich einen der letzten freien Plätze im vorderen Bereich.

Sie hatte Wolf schon erspäht, ihr Herz schlug ihr fast bis zum Hals. Aber er hatte sie weder bemerkt noch angesehen, denn die Akteure waren mit der Programmabsprache und mit den Tücken der Technik beschäftigt, da das Mikrofon nicht richtig funktionieren wollte. Luna genoss die Atmosphäre, nahm sich ihr Tonic Water mit zum Platz und beobachtete Wolf und die anderen Beteiligten.

Dann ging es endlich los. Nach der Anmoderation, durch einen schelmischen, ziemlich fülligen jungen Mann mit einer Schlägermütze, las zunächst eine junge Frau eine etwas zu langwierige Kurzgeschichte, deren Pointe Luna nicht verstand. Dann kam ein witziger und temperamentvoller Herr auf die Bühne und trug auswendig seine Gedichte vor, die das Publikum sichtlich auflockerten. Als Nächster war Wolf an der Reihe. Er hatte eine verträumte und doch amüsante Kurzgeschichte mitgebracht und las wirklich fesselnd, sodass der Raum an seinen Lippen hing.

Während seiner Lesung bemerkte Luna, dass Wolf sich immer wieder verstohlen im Raum umsah, bis er sie erblickt hatte. Er erkannte sie, das war eindeutig. Ihr schlug der Puls in den Schläfen vor Aufregung, aber warum eigentlich? Sie bemühte sich um Gefasstheit und lächelte ihn an. Er verhaspelte sich im Text, überspielte das aber humorvoll. Das Publikum lachte. Luna auch. Sie war sehr froh, dass sie sich auf den Weg gemacht hatte.

Als das Programm beendet war und auch die Zugaben gelesen waren, kam Wolf schnurstracks an ihren Tisch. Dass er kein Mann der großen Umschweife war, hatte Luna ja schon in der ersten Mail erfahren.

Er begrüßte sie mit einem verschmitzten Lächeln. „Sie ist tatsächlich gekommen! Das nenne ich spontan! Die Mondin, na wunderbar! Und ich hab's geahnt! Heute Morgen kam mir plötzlich die Idee, dass sich die Lehrerin aus dem Zug dahinter verbergen könnte. Alle Achtung! Wie hat es dir gefallen?"

„Sehr schön! Es waren zwar nicht alle Beiträge von gleicher Qualität, aber einige Sachen waren wirklich klasse!"

„Na, da hoffe ich doch mal, dass meine dazu gehörten?", kokettierte Wolf.

„Ehrlich gesagt – ja. Du hast wirklich interessant vorgetragen."

Wolf lachte, während er sich zu Luna setzte. „Ja, schreiben und vortragen sind zwei verschiedene Dinge. Manch einer hier ließe seine Texte besser von jemand anderem lesen. Und andere läsen besser nur, statt zu schreiben."

„Na ja, es sind ja alles Amateure, wir wollen mal nicht zu streng sein. – Willst du das Buch über die Pendler wirklich schreiben?"

Luna brannte diese Frage auf den Nägeln, deshalb war sie recht unvermittelt damit herausgeplatzt.

Wolf antwortete fröhlich: „Ich bin schon längst dabei! – Vielleicht kommt ja auch eine Luna darin vor?"

Luna lachte. „Na, da gibt es aber Aufregenderes als ein Internet-Pseudonym!"

„Wer weiß das schon so genau. Vielleicht gibt es ja nichts Aufregenderes als Luna."

Luna spürte, dass sie rot wurde. Aber er lachte unbefangen, stupste ihre Schulter und fragte sie, was sie noch trinken wolle.

Sie saßen noch bis weit nach Mitternacht an ihrem Tisch. Zunächst waren die Anderen dazugekommen, Luna wurde vorgestellt, und alle schwatzten über Kleinverlage, Wettbewerbe und Veröffentlichungen, die Luna auf dem Büchertisch am Eingang schon inspiziert hatte. Dann war sie wieder mit Wolf alleine.

Mitten in ihrer Plauderei hielt er plötzlich inne und fragte: „Weißt du was? Hättest du nicht Lust, mal unseren Literatur-Stammtisch zu besuchen?" Als sie ihn fragend ansah, erklärte er: „Wir sind da zu viert und treffen uns jeden Donnerstag. Wir haben uns bei gemeinsamen Lesungen kennen gelernt und ein literarisches Quartett, das „Hinterzimmer" gegründet. Allerdings sind es alles männliche Wesen, du wärst das erste Weibchen im Zirkel."

Luna gab lachend zu bedenken, dass sie dann aber kein Quartett mehr wären, darüber müsste er sich klar sein. Und würden seine Spießgesellen eine Neue dulden?

„Das sehen wir dann!", sagte Wolf, „wir überlegen schon länger, unsere einseitige Männerwirtschaft mal etwas in Schwung zu bringen, aber bislang haben wir noch nicht die Richtige gefunden."

„Und ich bin wohl die Richtige?"

„Könnte sein", antwortete Wolf mit einem Blick, der Luna warm und sanft umwob.

Aber sie lachte kess: „Na, könnte es auch sein, dass hier ein Wolf den Vollmond anjault?"

„Niemals", antwortete Wolf gespielt empört.

So verabredeten sie sich für nächsten Donnerstag im Ratskeller, der ganz in der Nähe des Pendler-Zielbahnhofes lag und wo sich das literarische „Hinterzimmer" zu treffen pflegte. Sie beschlossen, unter den Pendlern im Zug ihre Verbindung geheim zu halten, was Maggi sehr Recht war.

Zu Hause war sie immer noch so aufgedreht, dass sie erst um drei Uhr am Morgen einschlief. Sie hatte sogar vergessen, noch einmal in den ‚Schreibraum' zu schauen, wo sie sonst in der Nacht regelmäßig anzutreffen war.

5. Blitzableiter

Stefan schlief meistens unbekleidet, es gab ihm ein Gefühl von Freiheit. Er war kein Anhänger der Freikörperkultur inmitten von Horden nackter Menschen, aber zu Haus, in den eigenen vier Wänden, hatte er gern dieses Adamsgefühl. Er musste daran denken, wie er sich schon einmal im Bad ganz ausgezogen, die Brille abgenommen und sogar den Ehering abgesetzt hatte und dann in die Luft gesprungen war, um völlig ohne Bodenkontakt nur sein Körper zu sein, gänzlich und ohne Fremdberührung.

Über solch einen Blödsinn sprach er allerdings nicht, er hatte nicht das Gefühl, in dieser Hinsicht von irgendjemandem verstanden werden zu können, auch von Hannah nicht. Dass er nichts anhatte beim Schlafen, daran hatte sich seine Frau allerdings gewöhnt, obwohl sie selbst sich lieber in einen gemütlichen Schlafanzug kuschelte.

Heute Morgen war Stefan jedoch allein zu Haus, denn Hannah war über das Wochenende mit den Kindern bei den Großeltern. Er war nicht mitgefahren, weil er die Zeit nutzen wollte, um in aller Ruhe die Kinderzimmer zu streichen.

Er war heute Morgen mit einer Erektion erwacht, wie ihm das mit den Jahren immer seltener passierte. Er hatte einmal eine Erklärung dafür gelesen, dass das offensichtlich eine Reaktion des Körpers war, um im Schlaf zu verhindern, dass eine zu volle Blase sich zu früh entleert. Tatsächlich war es nach dem Gang zur Toilette jedes Mal vorüber. Also hielt er noch ein Weilchen an. Es war ja auch noch früh und viel zu dunkel, vor neun Uhr brauchte er nicht auf der Leiter zu sein. Er kroch unter der Schlafdecke hervor, lief wie er war in die Küche und machte sich einen Kaffee – ohne das Licht einzuschalten, denn die Nachbarschaft sollte ihn so nicht unbedingt beobachten können. Auf dem

Rückweg ins Bett musste er inzwischen so nötig, dass er doch erst zum WC musste.

Jetzt fehlte ihm noch die Zeitung, die sicher draußen im Briefkasten steckte. Ein Gedanke beschlich ihn. Er zögerte noch ein Weilchen. Dann wagte er es. Nackt wie er war lief er zur Tür, öffnete sie, lugte die Straße entlang, und als er sicher war, dass die Luft rein war, wagte er die vier Schritte bis zum Briefkasten, spürte die kalten Steinplatten der Haustreppe und die breiten Moosfugen der Zuwegung unter den Füßen, zog die Zeitung hervor und flitzte schnell zurück ins Haus.

Als er mit Zeitung und Kaffee wieder im Bett lag und sich sein Puls beruhigte, musste er über sich selbst lachen. Mein Gott, wie bieder er war. Mal eben nackt zum Briefkasten war für ihn schon ein Herzklopfproblem.

Eigentlich war er ganz froh, am Wochenende allein sein zu können. Neben der Renovierungsarbeit wollte er am Sonntag noch Hefte korrigieren, es gab genug zu tun, und schneller geschafft war das alles ohne eine Ablenkung durch die Familie. Aber andererseits machte ihn die Situation auch unzufrieden. Wann hatten sie das letzte Mal gemeinsam etwas unternommen? Die ganze Familie, geschweige denn er und Hannah zu zweit? Immer war irgendetwas, meistens kam noch der Druck seiner Arbeit hinzu, die in der Woche nicht zu schaffen war. Wann hatten sie das letzte Mal miteinander geschlafen? Und wenn es schon selten vorkam, war noch nicht einmal richtig Zeit. Müde, spät in der Nacht passierte es schon mal, wenn sie hin und wieder von Freunden nach Haus kamen und aufgekratzt waren. Aber mal so einen ganzen Nachmittag im Bett rumlümmeln, das war schon seit Jahren nicht mehr vorgekommen.

Es war ja nicht die reine Lustbefriedigung. Stefan vermisste die Zweisamkeit, die Vertrautheit, das Fallenlassen in zärtliche Arme. Als sie sich kennen lernten, Hannah und er, damals, da waren sie unbeschwert und frei, mit Zeit, sich zu lieben. Aber jetzt? Immer sprach etwas dagegen, zu müde, die Kinder, Arbeit, alles Mögliche. Er ertappte sich immer häufiger bei Ausflüchten in erotische Fantasien, in denen Hannah keine Rolle spielte. Kam es so dazu, dass sich Männer irgendwann eine Geliebte suchten? War er jetzt bald soweit? Die erotischen Signale anderer weiblicher Wesen hatte Stefan früher überhaupt nicht wahrgenommen. Jetzt kam es immer öfter vor, dass er ein tief eingeschnittenes Dekolleté bemerkte oder sinnlichen Parfümgeruch. Dass er nicht mehr nur unbedarft mit anderen Frauen sprach, sondern sich beim Flirten ertappte. Letztes Wochenende zum Beispiel, beim Grundschulfest. Er hatte die junge Lehrerin mit seinen Blicken fast entkleidet, und er schämte sich dafür.

In diesen Gedanken versunken hatte er noch kaum eine Zeile seiner Zeitung gelesen. Plötzlich fielen ihm die gestrige Bahnfahrt und der junge Wolf Göde ein. Wie der wohl mit seiner Krise umgehen würde? War das überhaupt schon eine Krise? Hatte Thessi den Nagel auf den Kopf getroffen? War es das, was er mit dem Umstoßen des Wasserbechers hatte ausdrücken wollen? Dass er ein sexuell frustrierter, gelangweilter und gestresster Mittvierziger war, der Angst vor dem Altwerden hatte? Würde er in „Goethes" Geschichte zu Hause Termine vortäuschen, um sich insgeheim mit einer Geliebten zu treffen, für aufregende erotische Abenteuer? Würde er sich dort neu verlieben, noch einmal dieses unbeschreibliche Bangen und Verlangen erleben, das schon so lange zurücklag? Er würde so etwas nicht gerne lesen. Andererseits – es wäre ja nur erfunden.

Stefan riss sich aus seinen Gedanken, stand auf, duschte sich und zog sich die Arbeitsklamotten an, um mit dem Streichen zu beginnen. Er hatte schon gestern Abend alles abgeklebt, sodass es heute recht fix gehen konnte. Als er in das Zimmer seiner Tochter kam, stand da die Klappleiter schon aufgebaut. Aus heiterem Himmel stellte er sich plötzlich Hannah vor: Sie saß oben auf dem kleinen Plateau der Leiter, nur mit einem durchsichtig seidigen Tuch bekleidet, ein nacktes Bein auf der Stufe, das andere herabbaumelnd, und lächelte ihn liebevoll an. Er hörte sie leise sprechen, während er verdutzt im Türrahmen stand.

„Na? Da staunst du, was? Ich hatte so doll Sehnsucht nach dir, endlich kommst du. Ich habe die Kinder bei meinen Eltern gelassen und hole sie erst morgen wieder ab. Wir streichen zusammen, dann haben wir heut Abend Zeit, was meinst du?"

Stefan stand mit offenem Mund immer noch sprachlos an der Tür. Sie stieg von der Leiter, kam lächelnd auf ihn zu und begann, sein Hemd aufzuknöpfen. Er ließ es geschehen, ließ sich auch wehrlos das Unterhemd, die Hose, die Socken und dann noch die Boxershorts ausziehen. Hannah schaute ihn zufrieden von oben bis unten an, ging dann zum Farbeimer, tauchte einen Pinsel ein, kam mit schwebendem Schleier wieder auf ihn zu und tupfte ihm kichernd einen weißen Klecks auf den Bauchnabel, und dann noch einen auf die Nase über dem offen stehenden Mund.

Stefan wollte sie an sich ziehen, doch da war sie verschwunden. Er rieb sich die Augen und schlackerte mit dem Kopf, um wieder klar denken zu können. Sein Herz pochte heute schon zum zweiten Mal heftig in seiner Brust, und er setzte sich erst einmal oben auf die Leiter, wo gerade noch Hannah gesessen hatte. Dann begann er seine Arbeit, noch lange verstört von der ungewöhnlich glaubhaften Erscheinung, die ihm da einen Streich gespielt hatte.

Er pinselte bis in den Abend hinein ohne Pause. Holte sich einen Kaffee zwischendurch, den er lauwarm und schließlich kalt während der Arbeit trank, und aß eine Banane, in der anderen Hand die Farbrolle. Beide Zimmer waren fertig geworden. Jetzt musste er sie noch einräumen, aber das hatte Zeit bis morgen. Nur die größeren Möbel, den Kleinkram würde Hannah mit den Kindern am Nachmittag zusammen machen, wenn er seine Arbeiten korrigierte. Immer, wenn ihm während der Arbeit die Leiter in sein Blickfeld geraten war, hatte er sich an Hannah erinnert und seinen so realistischen Tagtraum.

Er duschte, zog sich um und ging durch die Dunkelheit in den Ort, um etwas zu essen. Sein Hunger war so groß, dass er schon Kopfschmerzen hatte. Sein Rücken schmerzte von den Streicharbeiten, und seine Augen juckten von den Ausdünstungen der Farbe. Stefan freute sich jetzt auf eine heiße Currywurst mit Pommes in der Imbissstube an der Kreuzung. An der Ampel dort zwang ihn das rote Licht anzuhalten, obwohl weder ein Auto noch ein anderer Fußgänger in Sicht war. Stefan hatte ein Loch im Bauch und empfand es als unverschämte Gängelung, dass er hier warten sollte. Konnte er nicht selbst entscheiden, was er tat? Gefährdete er irgendwen oder sich selbst? Diese verkehrserziehende Bevormundung ging ihm so gegen den Strich, dass er sich noch einmal umschaute und dann entschlossen die Straße, trotz des Verbotes, einfach überquerte. Mit einem zufriedenen, aufmüpfigen Hochgefühl betrat er die Grillstation.

Während er dort aß, kam ihm wieder Hannah auf der Leiter in den Sinn. Er wünschte sie sich jetzt herbei und sehnte sich sehr nach intimer Zweisamkeit. Sollte er sie betrügen? Gelegenheiten gab es schon. Er dachte an die attraktive Kollegin in der Schule, die ihn unmissverständlich anschmachtete.

Seine Wurst schmeckte lau und fad. Die Mayonnaise verklebte die salzigen Fritten zu einem schmierigen Brei. Er fühlte sich einsam. Er ließ die matschigen Reste auf dem Teller zurück und machte sich auf den Heimweg. Es war windig geworden. Am Horizont beobachtete er ein schwaches Wetterleuchten. Sie hatten im Radio ein Wintergewitter angesagt. Na ja, er würde längst im Bett liegen, wenn es zu regnen begann.

Er kam in das verlassene, dunkle Haus zurück, doch er machte kein Licht. Noch im Flur zog er sich aus, ließ die Sachen achtlos auf den

Fliesen liegen und ging die Treppe hinauf ins Schlafzimmer. Dort legte er sich im Dunkeln auf das Bett, ohne sich zuzudecken.

Von draußen war das erste Grollen des Unwetters zu hören. Das Gewitter zog näher, erste Blitze erleuchteten den Raum gespenstisch. Stefan befühlte seine warme Haut im immer wieder aufflackernden Licht der Naturgewalt. Die Donner rollten bald drohend und laut, die ersten schweren Regentropfen schlugen an die Scheibe. Doch Stefan fühlte sich warm und geborgen. Im Schleier der Gardine sah er die weiche Silhouette von Hannahs Körper. Wie eine schöne Göttin lächelte sie ihn an. Sie entblößte sich und schwebte zu ihm herab. Der Sturmwind lebte auf und fegte surrend um das Haus, der Regen begann kräftiger in wilden Böen gegen das Fenster zu prasseln.

Da klingelte auf Stefans Nachttisch sein Telefon. Zutiefst erschreckt griff er mit pochendem Herzen mechanisch zum Hörer.

„Hallo?"

„Stefan? Bist du es?"

„Hannah!"

„Die Kinder schlafen jetzt und ich bin auch schon im Bett. Ich wollte mal hören, wie es dir so geht. Alles weiß gepinselt?"

„Ja, alles weiß. Ich liege im Bett."

„Oh je, du armer, bist hundemüde, was? Tja, du stehst ja auch nicht jeden Tag auf der Leiter. Vermisst du mich ein bisschen? So allein zu schlafen ist irgendwie komisch. Hach, ich würde mich jetzt lieber gemütlich an dich ankuscheln! Wir waren heute Nachmittag im Zoo. War aber ein bisschen zu kalt, wir sind die ganze Zeit im Affenhaus geblieben …"

Stefan hörte Hannahs fröhliches Schwatzen ohne den Sinn zu verstehen. Sie klang so süß, so nah, er fühlte ihre Lippen an seinem Ohr und hatte ihren Geruch in der Nase. Die Blitze zuckten durch das Zimmer. Er hatte ganz vergessen zu antworten. Hannah hielt irritiert inne.

„Stefan? – Alles in Ordnung bei dir?"

„Hier ist ein Gewitter."

Hannah horchte und stutzte.

„Duhu? – Was machst du da grad?"

Wieder brauste der Sturm, schwere Donner ließen die Fundamente erzittern, der Raum glühte in bläulichem Licht. Er musste jetzt etwas sagen.

„Ich liebe dich, Hannah", stammelte er.

Sie schwieg.

Dann schlug irgendwo der Blitz ein. Krachend toste der Donner, das Haus dröhnte, das Zimmer entflammte gleißend. Wie Trommeln hämmerte der Regen, wieder ein heftiger Blitz, und wieder. Dann wurde es langsam still.

„Stefan?"

„Hannah."

„Gewitter vorüber?"

„Es grummelt noch ziemlich."

Schweigen.

„Gut, dass es einen Blitzableiter gibt, hm?"

„Ich vermisse dich, Hannah."

„Jetzt schlaf mal erst."

„Ich träum von dir."

„Gut Nacht."

„Gut Nacht."

Sie legten auf.

Spät in der Nacht kam eine SMS von Hannah, doch Stefan war längst eingeschlafen und las sie lächelnd erst am nächsten Morgen.

6. Das Pendel

Am Montag trafen sich die Pendler wie immer im Zugcafé. Keiner fehlte, auch Wolf saß wie gewohnt an seinem Platz.

„Morgen Jungs und Mädels!", begrüßte Stefan alle, als er mit Maggi zusammen zustieg. Dann sah er Dr. Grunwald besorgt an und schürzte in seiner unnachahmlichen Manier die Lippen. „Na, Doktorchen? Beim Rasieren geschnitten? Mach dir nichts draus, bald, wenn du im Lotto gewonnen hast, gehst du täglich zum Barbier und lässt dich verwöhnen!"

Dr. Grunwald strich sich über die Wange, wo die kleine Wunde noch zu spüren war. „Tja, mein Freund, wenigstens muss ich mich überhaupt rasieren! Dein Bartwuchs übertrifft ja den deiner Pennäler kaum! – Und außerdem: Bevor du über meine Wunde lästerst, mach dir erst mal dein hübsches Näschen sauber!"

Alle schauten Stefan an und machten sich gehörig über einen Farbrest auf dessen Nase lustig, der wohl noch von den Renovierarbeiten am Wochenende übrig geblieben war. Stefan knibbelte und pulte, bis seine Kollegen am Tresen versicherten, dass die Nase zwar jetzt nicht mehr weiß, dafür aber knallrot gerieben war.

Sie waren bester Stimmung an diesem Montag, Nur Thessi machte nicht richtig mit. Sie sah geschafft und lustlos aus und hatte schon am Montag die Woche wieder satt.

„Mann", lamentierte sie, „gerade das Wochenende rum, und ich freu mich schon wieder auf Freitag."

Dr. Grunwald lachte etwas zu laut und konnte sich nicht verkneifen zu antworten: „Das kannst du laut sagen, Thessi! Darauf freu ich mich auch am meisten!"

Maggi war bislang schweigsam gewesen und blinzelte gelegentlich unauffällig zu Wolf hinüber. Dann nahm sie einen möglichst unverfänglichen Anlauf.

„Ah, der junge Herr Goethe ist ja auch im Lande! Was macht denn unsere kleine Geschichte, Meister?"

Wolf sah von seiner Arbeit auf und lächelte.

„Danke der Nachfrage!"

„Nicht, dass wir das irgendwann auch auf einer deiner Lesungen zu hören kriegen."

Thessi horchte auf. „Hallo? Wird das doch noch was mit einer Wolf-Göde-Lesung bei dir im Unterricht, Maggi? Hab ich da was nicht mitbekommen?"

Maggi fühlte sich ertappt und nippte möglichst unverfänglich an ihrem Kaffee. Doch Wolf blieb gelassen.

„Leute, wenn ich euch was schreiben soll, müsstet ihr mich schon noch ein Weilchen in Ruhe lassen. Ohne Muße geht nämlich gar nichts. Ihr könnt mich gern mit eurem Gewitzel und Gequatsche inspirieren, aber während der Fahrt bitte nicht mit dem Fahrer sprechen! Alles klar?"

Er grinste in die Runde.

„Ich les es euch vor, wenn ich fertig bin, okay? – Banjo, bitte mach mir noch einen Cappuccino, ja?" Dann fügte er scherzend hinzu: „Und am Tresen keinen Alkoholausschank mehr bitte, nicht dass der Zug wieder stehen bleibt!"

Die Pendler lachten und versicherten, nur brav Kaffee zu trinken. Banjo bemerkte trocken: „Glühwein gibt's sowieso nicht mehr. Abgesetzt. Erst zu Weihnachten wieder!"

Thessi war durch Maggis Anspielung auf Wolfs Lesungen neugierig geworden und hätte zu gern schon jetzt gewusst, was Wolf da so zu Papier brachte. Eine kleine Lesung im Caféwagen fand sie eine sehr gute Idee. Sie ging entschlossen zu Wolfs Platz hinüber, baute sich mit den Händen in den Hüften vor ihm auf und schaute ihn angriffslustig an.

„Mein lieber Herr Schriftsteller!", begann sie ihre Ansprache, „Du schreibst da dein ganzes Büchlein voll und willst uns nicht eine Zeile davon vorlesen? Ich finde, du könntest ruhig mal eine Kostprobe geben!"

Sie schaute sich um Zustimmung heischend zu ihren Mitreisenden um. Doch die Begeisterung, die sie erwartet hatte, blieb seltsamerweise aus. Thessi fühlte sich im Stich gelassen.

„Leute, wollt ihr gar nicht mal hören, was unser Caféwagen-Goethe da so zusammenbastelt?", rief sie mit einer etwas zu lauten Stimme. Die anderen murmelten und senkten die Köpfe, Thessi verstand die Welt nicht mehr.

Grunwald versuchte sie zu beschwichtigen: „Komm, Thessi, wir sind doch keine Kinder mehr, die nicht abwarten können, ihre Geschenke auszupacken."

Thessi wollte gerade spitz erwidern, dass es hier nicht um einen Kindergeburtstag ging, da fiel ihr Stefan ins Wort: „Hier, hört mal, ich kann euch was vorlesen!" Er hatte in der Zeitung, in der er wie üblich nebenbei stöberte, wohl etwas Interessantes gefunden. Alle Aufmerksamkeit richtete sich auf ihn.

„Jetzt haben wir auch einen Missbrauchskandal in der Stadt! Hier, unter „Kirche im Fokus": Zwei ehemalige Messdiener packen aus: In den achtziger Jahren ... blabla ... unsittliche Berührungen, Belästigung durch Verbalerotik ... das ganze Register!"

„Wo war das?", fragte Grunwald dazwischen.

„Hier – Moment – Stadtkirche, St. Laurentius."

Banjo schüttelte verständnislos den Kopf.

„Die sind doch alle durchgeknallt, die ganzen Kirchenmäuse."

Maggi war der gleichen Meinung.

„Legen ihr Gelübde ab, und dann kommen sie mit ihrer menschlichen Natur nicht klar. Eher Ratten als Mäuse, wenn ihr mich fragt!"

„Passiert alles im geschützten Raum, ohne Sozialkontrolle." Stefan begann zu reflektieren. „Die Kiddies, die da die Glöckchen bimmeln, tun das doch auch nicht freiwillig. Ich kenn mindestens vier in meinem Bekanntenkreis, die nie wieder eine Kirche betreten, nur weil sie die Messdienerzeit in ihrer Kindheit aber so was von abgeschreckt hat."

„Und dann kommt noch die Abhängigkeit dazu. Das sind doch Schutzbefohlene, ist echt ne Sauerei!" Banjo wurde richtig kiebig.

Thessi hatte bislang gar nichts gesagt, doch nun platzte es aus ihr heraus: „Die haben keine Frauen in der Kirche, das ist ihr Problem. Zölibat weg und ne gemischte Truppe, Männlein und Weiblein, dann ginge es wieder aufwärts mit diesem Scherbenhaufen."

„Na ja", gab Maggi zu bedenken, „Frauen arbeiten da ja schon viele."

„Aber nur als Sklavinnen!", erwiderte Thessi sarkastisch. „Meine Freundin zum Beispiel. Die hat mal das katholische Altenheim geleitet und musste vor einem Monat aufhören. – Wisst ihr warum? Weil sie sich hat scheiden lassen und nun mit ihrem Sohn und einem neuen Mann ohne Trauschein zusammen lebt. Noch mal heiraten geht ja nicht – jedenfalls nicht kirchlich. Sie haben ihr angeboten, doch ehrenamtlich weiter mitzumachen."

„Mein Gott! Was für eine verlogene Doppelmoral! Kann das denn sein?"

„Na!", rief Stefan, „dann wird es Zeit, dass sie wenigstens die notgeilen Priester mal langsam an den Hammelbeinen packen. Vielleicht kippt der ganze Laden dann endlich mal aus den Latschen."

„Ja", sagte Grunwald, „Leute, die an Gott glauben, gibt's bestimmt genug, aber in so einem Verein wird es einem schon schwer gemacht."

„Genau!", rief Maggi. „Jeder Mensch sucht Erklärungen für alles, was unerklärbar ist. Die Leute suchen sich Sekten oder Freikirchen, um ihren Spiritismus auszuleben. Wir nehmen in der Klasse gerade so was durch. Heute wollten wir eigentlich Pendeln."

„Wie", fragte Stefan interessiert nach, „haltet ihr eine spiritistische Sitzung? Gläserrücken und so was?"

„Im kleinen Stil, wir probieren das alles mal aus. Du glaubst nicht, wie abergläubisch schon die Kinder sind!"

„Funktioniert das denn?", fragte Grunwald zweifelnd dazwischen.

„Sicher!", antwortete Maggi. „Ist aber keine schwarze Kunst. Das Pendel wird durch feines Nervenzittern bewegt, das man selbst gar nicht wahrnimmt. Es zeigt also nicht die Zukunft, sondern unsere unterbewussten Wunschvorstellungen."

Das fand Grunwald höchst interessant und er hatte plötzlich eine Idee: „Banjo, gib mal ein Messer oder irgendwas Schweres. Und eine Schnur. Hast du so was? – Was guckt ihr so! – Wir machen uns ein Pendel!"

„Na wunderbar!", freute sich Stefan. „Dann gucken wir doch mal in unser Unterbewusstsein!"

Inzwischen war das Messer an ein Nylonbändchen geknotet, und Grunwald hielt es in die Höhe.

„So, wer ist der Erste?"

Maggi antwortete: „Wir müssen erst mal festlegen, was wir auspendeln. Sagen wir: Hin- und Herschwingen steht für das Extreme, Exzentrische, Gefährliche. Also Lust auf Abenteuer, Ausbrechen, an die Grenzen gehen. Große Gefühle."

Stefan ergänzte: „Und im Kreis schwingen bedeutet Zufriedenheit mit dem eigenen Leben. Kein Bedarf an Ausschweifungen. – Wollen wir?"

Er nahm Grunwald das Pendel aus der Hand und übergab es aufmunternd Thessi, die ihr Ziel, Wolf Göde ein paar Zeilen seines Textes zu entlocken, inzwischen ganz aus den Augen verloren hatte, was Stefan und Grunwald nur recht war. Sie nahm ihm das Pendel bereitwillig ab und hielt es ruhig über den Tresen. Alle starrten gebannt. Es begann sich zu bewegen. Dann konnte man deutlich erkennen, wie es immer heftiger hin- und herpendelte, bis Thessi lachend abbrach.

„Na super!", sagte sie, „frustrierte Schuhverkäuferin sucht Abenteuer! Klasse!"

Alle lachten. Bei Grunwald und bei Maggi war es nicht anders. Das Pendel zog seine gerade Bahn von hier nach dort, alle hatten ihren Spaß daran. Dann kam Stefan an die Reihe. Und siehe da: Das Pendel setzte sich in Bewegung, schlug aber nicht nach zwei Seiten aus, sondern wurde in eine gleichmäßige runde Kreisbewegung versetzt.

„Ohhh!", riefen alle und begannen zu klatschen. Grunwald rief: „Guck mal an, der Kleinrevolutionär zeigt sein wahres Gesicht! Gar nichts los bei dir, alles bestens! Kannst deine Machete einpacken!"

Stefan lachte und wollte Banjo das Pendel reichen. Doch der wehrte entschlossen ab. „So ein Quatsch!", brummelte er, „lasst mich mit dem Scheiß in Ruhe."

„Na dann aber Wolf!" Wieder Applaus von allen Seiten. Wolf hatte während der ganzen Unterhaltung auf seinem Klappsessel gehockt und vertieft geschrieben, wollte sich nun aber nicht widersetzen. Er kam zum Tresen, nahm das Pendel und hielt es in die Höhe. Alle starrten gebannt auf das Gewicht. Aber es rührte sich nicht. Das Messer hing leblos an der Schnur, keine Bewegung.

Thessi fragte verwundet: „Wie soll ich denn das jetzt verstehen? Die Möglichkeit war nicht vorgesehen, oder?"

„Das sollten wir mal so stehen lassen", entgegnete Maggi. „Aber ich finde, irgendwie passt das zu unserem Goethe."

Der Zug kam ans Ziel. Beim Verabschieden stieß Stefan Wolf an und sagte: „Da guckst du, was? So was musst du mal schreiben!"

„Zum Beispiel!", antwortete Wolf bestens gelaunt und klappte sein Schreibheft zu.

7. Zoras Rache

Thessi betrat das Schuhgeschäft heute Morgen ohne Elan. Die Inventur am Freitag war ätzend gewesen. Sie hatte bis in die Abendstunden bleiben müssen, weil die Bilanzen wieder und wieder nicht stimmten. Zunächst war der Vorwurf nur unterschwellig zu spüren gewesen, doch dann brach ein offener Streit aus, in dem der Geschäftsführer Thessis Kollegin Sandra beschuldigte, Geld aus der Kasse genommen zu haben, und das nicht nur einmal. Der Verdacht lastete schon einige Zeit auf Sandra, nun trat der Konflikt offen zu Tage. Sie hatte angefangen zu weinen. Es gab nicht den geringsten Beweis für diese Anschuldigungen, und Thessi traute ihr auch nie im Leben so etwas zu. Sie stand nur einfach auf der Abschussliste, weil sie die von ihr erwarteten Umsätze nicht einbrachte und zudem zurückhaltend und ängstlicher war als zum Beispiel Thessi, die ja auch kaum bessere Zahlen schrieb. Aber Sandra konnte sich nicht zur Wehr setzen, immer wurde sie getriezt und gepiesackt. Nie konnte sie es dem Chef recht machen. Doch sie brauchte den Job dringend, sie war alleinerziehend und konnte nicht so mir nichts dir nichts kündigen, wie sie es liebend gern getan hätte.

Schließlich hatte man den Fehler in den Tabellen gefunden, Sandras Unschuld war damit bewiesen, aber sie war dennoch die Dumme. Thessi stank dieses unverblümte Chef-Mobbing gewaltig. Er nutzte seine Machtposition schamlos aus, und das war gemein. Auch heute war keine bessere Stimmung zu erwarten, denn eigentlich gab es fast jeden Tag Stress wegen Sandra.

Sandra war schon bei der Arbeit, als Thessi den Laden betrat. Sie kam aus Furcht immer schon eine Viertelstunde früher, um ja nichts falsch zu machen. Sie hatte damit begonnen, neue Ware auszupacken, die heute Morgen angekommen war, und die Schuhe in die passenden Regale einzuräumen. Thessi half ihr, die Waren auszuzeichnen. Obwohl der Winter noch nicht annähernd vorüber war, kam schon die Frühjahrskollektion in die Auslage. Die Kunden kauften nicht nach jahreszeitlichem Bedarf, ihr Antrieb war eine emotionale Sehnsucht nach Wärme und Sonnenschein, so hatten sie es auf einer Schulung gelernt.

Gegen halb zehn kam der Geschäftsführer in seinen Laden. Er war nicht ständig im Kundenbereich, sondern lief meist gleich in sein Büro. Unregelmäßig kam er jedoch hereingeplatzt, gab Anweisungen, meckerte, schimpfte, und alle waren froh, wenn er wieder abzog. Thessi spürte, wie Sandra bibberte, denn heute kam er zuerst zu ihrem Regal. Seine Lippen waren zu einem schmalen Spalt zusammengekniffen, man konnte ihm seine Streitlust geradewegs ansehen. Sandra arbeitete unbeirrt weiter und wagte es nicht, aufzublicken. Doch sie hatte keine Chance, ihm auszuweichen.

„Frau Scholz!", sagte er streng und zitierte sie zu sich. „Wenn Sie nicht bemerken, dass Kunden im Geschäft sind, können Sie auch keine Schuhe verkaufen!" Er wies mit dem Kinn in Richtung einer älteren Dame, die in der Auslage stöberte.

„Ich war schon bei ihr", versuchte sich Sandra zaghaft zu rechtfertigen, aber weiter kam sie nicht, denn der Chef polterte schon wieder los: „Sie sind hier angestellt, um die Regale leer zu machen, nicht um sie zu füllen! Das hier kann Frau Thess auch sehr gut alleine schaffen! Wie oft soll ich Sie denn noch beim Faulenzen erwischen!"

Thessi kochte vor Wut. Sandra stand wie ein Häufchen Elend im Gang und wurde immer kleiner. Endlich platzte es aus Thessi heraus: „Ich habe Frau Scholz geholfen, nicht sie mir! Die Dame möchte sich gern allein umschauen, Frau Scholz hat sie bereits bedient. Ihr Auftritt hier ist absolut ungerecht!"

Der Chef zischte sie an: „Ich rede mit Frau Scholz und nicht mit Ihnen, Frau Thess!"

Die Kundin hatte den immer hitziger werdenden Disput inzwischen mitbekommen und schüttelte missbilligend den Kopf, während sie das Geschäft verließ. Der Geschäftsführer wandte sich jetzt mit zorngerötetem Gesicht wieder an Sandra: „Diese Kundin geht auf Ihr Konto! Eine Panne noch, und Sie sind weg vom Fenster!" Mit dieser Drohung stampfte er wutentbrannt davon und verschwand in seinem Büro.

Thessi tröstete ihre weinende Kollegin.

„Beruhige dich", redete sie beschwichtigend auf sie ein, obwohl sie selbst vor Wut zitterte. „Das ging zu weit!", fauchte sie, „Das Maß ist voll! Jetzt gibt's Rache!"

„Ach komm, Thessi, er ist ja jetzt weg", schluchzte Sandra, „nächstes Mal passe ich besser auf und verkaufe was."

„Du spinnst wohl!", entfuhr es Thessi, „Der lässt seinen ganzen Frust an dir aus, nur weil sein Laden nicht brummt! Vielleicht hat ihn auch seine Frau betrogen, geschähe ihm ganz recht. Aber du bist hier an gar nichts schuld! Diesem Arsch kriechen wir nicht mehr länger hinten rein!"

Den ganzen Tag über ging Thessi die Idee, ihrem Chef eins auszuwischen, nicht mehr aus dem Sinn. Zunächst kreisten ihre Gedanken immer um den Schuhladen. Sie sah sich des Nachts mit einer Sprühdose in roten Lettern „Menschenschinder" an das Schaufenster schmieren. Oder sie könnte in der Mittagszeit die Schnürsenkel der Herrenschuhe regalweise miteinander verknoten. Dann dachte sie daran, die Schuhregale anzusägen.

Sie sah vor ihren Augen den Chef, wie er sich lässig gegen das letzte der Gestelle in der Reihe lehnte, während er wieder auf Sandra herumhackte, nicht wissend, dass die Füße schräg angesägt waren. Mit einem Mal wankte das ganze Konstrukt und kippte, ganz langsam erst, dann fiel es mit Wucht um und riss die ganze Reihe ein, wie Dominosteine purzelte alles durcheinander! Ein kurzer Blick auf die Regalkonstruktion genügte Thessi jedoch zu erkennen, dass eine solche Vorstellung völlig absurd war. Die massive Standhaftigkeit war nicht so leicht zu manipulieren, wie es in ihrer Fantasie funktionierte.

Sie erkannte auch, dass all ihre Racheideen nicht den Chef, sondern vor allem sie selbst und Sandra trafen. Sie sah jetzt vor sich, wie sie beide vor dem Laden die Scheibe wienerten oder stundenlang Schuhbänder auseinander knoteten, hinter ihnen der Chef mit einer Lederpeitsche, die er sich drohend in die Hand schlug, wenn sie zu langsam wurden. Dazu kam, dass all diese Verrücktheiten ihrer Kollegin Sandra überhaupt nichts nützten. Der Verdacht würde sofort auf sie beide gelenkt, und die Leidtragende wäre wahrscheinlich wieder einmal Sandra gewesen.

Der Arbeitstag ging zu Ende. Am Abend war Thessi allein zu Haus. Ihr langjähriger Geliebter, mit dem sie sich eigentlich heute hatte treffen wollen, hatte sein Kommen abgesagt. Sie sahen sich gewöhnlich ein- bis zweimal im Monat, unregelmäßig, immer wenn er genügend Täuschungen und plausible Ausreden für seine Frau parat hatte. Meist schob er dienstliche Termine vor, ganz klassisch. Geschäftsessen zum Beispiel oder Ausgleichssport mit den Kollegen. Sie selbst musste sich danach richten, ihr blieb keine Wahl, aber ihr war es im Grunde recht so. Sie liebte ihre Unabhängigkeit mindestens genauso sehr wie ihn und nahm es dafür in Kauf, das Leben nicht ganz mit ihm zu teilen. Doch gerade heute vermisste sie ihn sehr. Er war ein verständnisvoller und zärtlicher Mensch und konnte ihre Sorgen und ihren Alltagsfrust mit einem Streicheln durch ihr Haar einfach wegzaubern. Genau dafür liebte sie ihn so. Sie konnte sich allerdings nicht vorstellen, dass dieser Zauber in einer festen Beziehung lange würde andauern können. So war sie im Grunde froh, dass er gebunden war und nicht ihr Leben, sondern nur ihre Liebe teilte. Und davon blieb wahrhaftig genug für sie übrig. Sie hatte niemals Grund zur Eifersucht gespürt und hegte keinerlei Besitzansprüche.

Doch nun wartete sie sehnsüchtig auf seine SMS, die Thessi täglich in den Schlaf begleitete.

Lustlos aß sie auf der Couch ihr Rührei, das sie schnell zusammengebrutzelt hatte, mit einer Toastscheibe, die sie weich und ungebräunt am liebsten mochte. Ihre Gedanken drehten sich im Kreis. Wie konnte sie bloß ihrem Chef eine Lehre erteilen, ohne das Geschäft da mit reinzuziehen? Plötzlich fiel ihr Wolf Göde ein. Was wohl ein Schriftsteller aus so einer Situation machen würde? Bestimmt würde er die reißerische Regal-Umschmeiß-Variante wählen. Er brauchte ja nicht auf die Gefährdung von Kunden oder unbezwingbare Stahlfüße zu achten. Er legte sich halt alles genau so zurecht, dass es passte! Die Regale stehen auf dünnen Holzfüßchen, kein Kunde läuft gerade in der Gefahrenzone umher, und der Geschäftsführer erschrickt sich so sehr, dass er nie wieder seine Untergebenen malträtiert.

„Schwachsinn!", sagte sie mit lauter Stimme in den Raum hinein. Sie kam keinen Schritt weiter. Sicher hätte ihr Ruby helfen können. Sie war pfiffig und durchtrieben, tausend Ideen blitzten in ihrem Kopf, und sie war mutig und dreist genug, sie auch in die Tat umzusetzen. Thessi musste so manches Mal mit einem lachenden „Du spinnst, Ruby!" abwinken. Aber Ruby war, im Moment jedenfalls, keine so gute Idee, obwohl Thessi sie sehr vermisste.

Ihre Freundschaft war in den letzten Wochen immer warmherziger geworden. Vor vierzehn Tagen war es dann nach einer gemeinsamen Pizza und einer ordentlichen Menge Rotwein dazu gekommen, dass sie sich auf dem Sofa gegenseitig entkleidet und eine vollkommen elektrisierte Zeit miteinander verbracht hatten. Für Thessi war das ein aufregendes, lustvolles Abenteuer gewesen, es mit einer anderen Frau zu tun; ein waghalsiges Herzklopf-Experiment, nicht mehr und auch nicht weniger. Aber danach war alles anders zwischen den beiden Freundinnen gewesen. Ruby war mit einem Mal traurig geworden und hatte Thessi gestanden, dass sie sich heillos in sie verliebt hatte, und das schon seit längerer Zeit. Der intime Abend nun hatte Ruby in ein Gefühlschaos gestürzt, denn schließlich war sie mit einem Mann zusammen und hatte einen Sohn aus ihrer geschiedenen Ehe! Thessi hatte nichts bemerkt von all dem, und sie fühlte sich irgendwie schuldig, denn sie war sich sehr sicher, dass sie Rubys Liebe beim besten Willen nicht erwidern konnte. Sie hatten die ganze Nacht geredet und beschlossen, sich vorerst einmal nicht mehr zu treffen, um nicht alles noch schlimmer zu machen. Es war ein trauriger und für Ruby tränenreicher Abschied gewesen, aber die einzig richtige Entscheidung, wie Thessi in dieser Situation fand.

Mit einem Ruck stand Thessi auf, nahm den Rühreiteller vom Tisch und trug ihn zurück in die Küche. Sie musste jetzt allein klarkommen, so viel stand fest. Ob ihr Chef, den sie gern abfällig „Mr. Wichtig" nannte, auch eine Geliebte hatte? Dieser Gedanke erschien Thessi so abwegig, dass sie lächeln musste. Aber man konnte in die Menschen ja nicht hinein sehen. Sie konnte ihn sich auch nicht als treu sorgenden Familienvater vorstellen, was er ihres Wissens aber war. Vielleicht hatte er sonst irgendwelche Geheimnisse, mit denen sie ihn unter Druck setzen konnte? Es musste ja keine Liebschaft sein. Vielleicht ging er auch ins Bordell. Oder er war ein Spieler oder noch besser: Alkoholiker. Dann war er immer dann so mies drauf, wenn er auf Entzug war, das schien plausibel!

Thessi hatte sich inzwischen Musik eingelegt und sich auf ihr Sofa gefläzt, auf dem sie noch vor Kurzem mit Ruby ... Mein Gott, wie chaotisch war doch ihr Liebesleben! Sie blätterte unkonzentriert in einer Illustrierten. – Man müsste ihn verfolgen, um etwas heraus zu bekommen.

Sie hatte nach der katastrophalen Nacht mit Ruby ausgerechnet mit Jan Grunwald über ihr Beziehungschaos geredet, als sie zufällig einmal allein im Zugcafé fuhren. Sie war noch so voll davon, dass sie sich irgendjemandem anvertrauen musste. Nicht im Detail natürlich, aber Grunwald hatte ihre Andeutungen schnell verstanden und ihr auf eine väterliche Art mehr entlockt, als sie eigentlich preisgeben wollte.

Aber wie sollte sie das machen, Mr. Wichtig verfolgen, ohne Auto? Sie konnte sich ja schlecht ein Taxi ordern und dem Fahrer zuzischen: „Fahren Sie dem schwarzen BMW nach, aber unauffällig!" So ging das vielleicht im Film. – „Männer, die ihre Frauen schlagen", las sie in ihrer Zeitschrift als großen Aufhänger eines Berichtes über häusliche Gewalt. – Was konnte sie Mr. Großkotz nur anhängen?

Da huschte plötzlich ein Gedanke durch ihren Kopf. Sie sprang auf, holte ihren Laptop zum Wohnzimmertisch, klappte ihn auf und wartete ungeduldig, bis er hochgefahren war und sie ein leeres Word-Dokument öffnen konnte. Aufgewühlt dachte sie nach, was sie schreiben sollte. Nach zwei vergeblichen Versuchen hatte sie einen waschechten Erpresserbrief verfasst. Stolz las sie ihn sich selbst laut vor:

„Wenn Sie wollen, dass Ihr
kleines Geheimnis auch eines
bleibt, behandeln Sie Ihre
Angestellten ab sofort anständig!
Eine Kundin"

Thessi war hoch zufrieden. Sie war keine gute Schreiberin, aber wenn ihr Chef Dreck am Stecken hatte, musste er darauf irgendwie reagieren! Es war doch ganz egal, ob sie wirklich etwas wusste! Mr. Wichtig würde natürlich sofort die Kundin von heute Morgen verdächtigen, die seinen Wutausbruch mitbekommen hatte. Aber der Gedanke, den Verdacht auf jemanden völlig Unbeteiligten zu lenken, missfiel Thessi plötzlich und kam ihr feige vor. Sie löschte die letzte Zeile und unterschrieb den nächsten Versuch nach kurzem Grübeln mit: „Die Rote Zora!"

Selbst wenn ihr Chef sie dadurch möglicherweise verdächtigte, weil sie ein Rotschopf war – was machte es schon? Er würde ihr nichts beweisen können und sich umso mehr in Acht nehmen müssen!

Sie druckte den Brief nun aus und hielt ihn geradezu ehrfürchtig in den Händen. Die Datei im Computer löschte sie umsichtig und kam sich fast wie eine Terroristin vor, die einen gemeinen Anschlag plant. Dann faltete sie das Blatt zusammen und steckte es in ihre Geldbörse. Morgen früh wollte sie den Brief Mr. Wichtig unterschieben, und sie wusste auch schon wie!

Thessi fühlte sich großartig, so stark und mächtig. Sie stellte sich vor, sie könnte fliegen wie Batman und würde alle Ungerechtigkeiten dieser Welt bekämpfen. Die Vorfreude auf den morgigen Tag empfand sie noch stärker, als sie es aus Kindertagen vom Abend vor ihren Geburtstagen kannte. Sie wünschte sich nur noch, die Stunden bis zum Morgen mögen bitte, bitte schnell verfliegen! Deswegen machte sie sich jetzt bettfertig und legte sich hin, obwohl es noch nicht einmal zehn Uhr war. Und wie schon in den Kindertagen kniff sie ganz fest die Augen zusammen, um den Schlaf herbei zu zwingen. Und wie schon in Kindertagen schlief sie erst ein, nachdem sie sich eine unendlich lange Zeit im Bett hin- und hergewälzt hatte.

8. Im Dunklen

Seit acht Wochen fuhr Dr. Grunwald nun schon regelmäßig in die Südstadt und kümmerte sich um seine Krähe Freitag. Seine Ausflüge waren inzwischen längst nicht mehr nur im wöchentlichen Turnus. Er hatte sich begeistert in die Zähmung des Vogels gestürzt und besuchte die Zoohandlung oft zwei- bis dreimal in der Woche. Dabei musste er sich nicht mehr an die Öffnungszeiten halten, sondern konnte auch am Abend kommen, so wie heute. Denn er hatte so einiges in die Wege geleitet, um von Konopka unabhängig zu werden und seiner Krähe zudem die Gefangenschaft erträglicher zu machen. Er hatte Konopka veranlasst, im Hof hinter dem Haus eine große Voliere zu errichten, in der Freitag mehr Platz zum Fliegen hatte und die er selbst begehen konnte, sodass es einfacher war, mit der Krähe Kontakt aufzunehmen. Ein ebenso großer Vorteil war, dass er den Hof über ein Eisentor, für das er Konopka einen Schlüssel abgeschwatzt hatte, jederzeit eigenmächtig erreichen konnte. So war es kein Problem mehr, zwischen zwei Terminen oder nach Feierabend kurz vorbei zu schauen. Das hatte jedoch zur Folge, dass Grunwald nun öfter mit dem Wagen zur Arbeit fuhr und seine Zugfahrkarte unregelmäßiger nutzte, um unabhängiger zu sein.

Doch der Aufwand hatte sich wahrhaftig gelohnt. Als Grunwald an diesem Abend um kurz nach neun den Hof betrat, krächzte Freitag aufgekratzt und schlug mit den Flügeln. Grunwald öffnete das kleine Vorhängeschloss, zog die Gittertür auf und betrat bedächtig Freitags Reich. Immer hatte er etwas Schmackhaftes dabei und Freitag zeigte ihm sehr deutlich, wie sehr er sich daran gewöhnt hatte. Heute gab es rohe Fleischbröckchen, da konnte Grunwald sicher sein, dass sich die Krähe begeistert darauf stürzen würde.

Wenn Grunwald die Voliere betreten wollte, musste er allerdings Vorsichtsmaßnahmen treffen. Als Freitag das erste Mal Maß genommen hatte und auf Grunwalds Schulter landete, hatten die Krallen durch das Hemd arge Kratzspuren auf seiner Haut hinterlassen. Dann hatte das neugierige Tier begonnen, an seinem Ohr herumzupicken und kräftig an den Härchen im Nacken zu zupfen, was vielleicht zärtlich gemeint sein sollte, Grunwald jedoch die Tränen in die Augen trieb. Also hatte er sich bei Konopka ausgerüstet. „Wat brauchse denn?", hatte der gefragt, und noch bevor Grunwald antworten konnte, schon einige Sachen zusammengesucht. Eine dunkelbraune, robuste Allwetterjacke mit Kapuze. Einen grauen Wollschal. Und schwarze, feste Lederhandschuhe. So eingemummt konnte er Freitags Käfig betreten, ohne Gefahr zu laufen, verletzt zu werden – wenn er nur auf sein Gesicht Acht gab.

Freitag kam heute ohne langes Zögern auf Grunwalds Arm und fraß gierig die Rindfleischstückchen aus dessen Handschuh, die Grunwald aus einem Plastiktütchen pulte, wo sie in ihrem roten Saft klebten. Dann kletterte Freitag hinauf auf die Schulter und schaute keck umher. Grunwald ging die vier Schritte, die das Gehege ihm erlaubte, auf und ab. Es war schon dunkel im Innenhof der Mietblocks, nur das Licht aus den umliegenden Fenstern beleuchtete ihn matt. Grunwald kam gern am Abend hierher, damit er möglichst ungestört blieb. Der Hof wurde kaum genutzt. Hin und wieder spielten tagsüber ein paar Kinder auf dem schütteren Rasen in der Mitte oder bei den Mülltonnen, die aufgereiht an der Hofeinfahrt standen. Sonst bildete der Freiraum mit seinen wenigen Bäumen höchstens eine grüne Kulisse für den Blick aus den Fenstern oder das Ausruhen auf den Balkonen. Doch jetzt im Dunkeln war eher der Fernseher das Fenster in die Welt. Überall sah man den flackernden Schimmer der Bildschirme leuchten, und Grunwald fühlte sich ungestört und allein mit seinem Vogel.

Freitag wirkte heute ruhig und ausgeglichen, was beileibe nicht immer der Fall war. Grunwald schritt langsam zur Käfigtür. Heute wollte er es das erste Mal wagen, der Zeitpunkt war günstig. Mit bebender Hand öffnete er bedächtig das Gitter und trat seinen ersten Schritt mit der Krähe ins Freie. Freitag saß ganz still und aufmerksam auf seiner Schulter und balancierte das Gleichgewicht aus, das Grunwald bei jedem Schritt über die Steinplatten verlagerte, als er jetzt an den Fassaden entlanglief. Als er auf der anderen Seite des Karrees angekommen war, geschah das, was Grunwald die ganze Zeit schon besorgt erwartet hatte. Freitag krächzte kurz, schlug plötzlich wild mit den Flügeln und erhob sich dann mit kräftigen Schwingen in die Luft. Sie ließ sich einen Moment lang gleiten, zog dann in einer flachen Kurve über den Rasen und landete mit einem Hopser drüben auf der Voliere. Grunwald war bis in die Haarspitzen angespannt. Er nahm einen Brocken Fleisch aus dem Tütchen in seiner Jackentasche und hielt es in die Höhe. Er konnte so gerade die schwarze Silhouette des Vogels im schwachen Licht erkennen und wusste nicht, ob Freitag überhaupt in seine Richtung schaute. Grunwald wartete eine Weile, bevor er sich entschloss, seiner Krähe über die Wiese entgegen zu gehen. Rufen wollte er keinesfalls, um die Nachbarschaft nicht an die Fenster zu locken. In diesem Moment aber startete Freitag mit einem eleganten Hüpfer und flog auf geradem Weg zurück zu seinem Herrn. Grunwald überkam ein, ihm bislang ungekanntes, seltsames Hochgefühl. Freitag war zu ihm zurückgekommen! Die Krähe schien da um Einiges unsensibler zu sein. Nachdem sie das Fleisch verschlungen hatte, begann sie munter nach dem Kapuzenbändel zu picken, wobei sie vornüber kippte und sich kreischend und flügelschlagend zurück auf die Schulter retten musste.

Grunwald blickte sich um. Immer noch schien seine Dressur unbemerkt geblieben zu sein. Er spielte aufgedreht mit dem Vogel, neckte ihn mit der bewehrten Hand und ließ ihn wütend in das starke Leder seines Handschuhs hacken. Er schob Freitag die Hand unter, nahm sie so auf den Arm, und setzte sie zurück auf die Schulter. Es funktionierte wunderbar! Freitag war so zutraulich wie ein gezähmter Wellensittich, er hatte es geschafft! Grunwald schwebte im siebten Himmel, und seine grenzenlose Euphorie ließ ihn immer selbstsicherer und wagemutiger werden. In dieser Stimmung lief er, obwohl er den Leichtsinn seines Handelns bei klarem Verstand hätte erkennen müssen, auf das Hoftor zu. Er schritt durch die hallende Durchfahrt und fand sich plötzlich draußen auf dem Gehsteig wieder.

Vor Aufregung schoss ihm das Blut in den Kopf. Hier würde er nicht unentdeckt bleiben können. Die Straßen waren um diese Zeit noch belebt. Grunwald zog die Kapuze tief ins Gesicht und blickte schutzsuchend zu Boden, während er sich nach rechts wandte und mit schnellem Schritt an den Geschäften und Hauseingängen vorbeilief. Freitag saß mit erhobenem Kopf auf seiner Schulter und machte Gott sei Dank keinerlei Anstalten, die ihn umgebende Freiheit auszunutzen. Und wenn sie es denn tun würde, hatte sich Grunwald lange seelisch darauf vorbereitet. Er wollte die Krähe nicht als Gefangene. Sehnte sie sich danach, frei zu sein, na dann sollte sie es halt sein. Und einmal musste es ja das erste Mal sein, dass er es wagte, mit ihr hinaus zu gehen. Aber im Moment bestand kein Anlass, sich deswegen Gedanken zu machen. Das merkwürdige Paar spazierte im Licht der Laternen die Straße hinunter und mochte einen seltsamen Anblick bieten. Grunwald entging es nicht, dass die Passanten, die er überholte oder die ihm entgegen kamen, sie beide argwöhnisch aus den Augenwinkeln beobachteten, seinen Schritten schon fast ehrfürchtig auswichen und hinter ihm zu flüstern begannen. Zwei ältere Damen wechselten sogar die Straßenseite, als er in ihr Blickfeld geriet – aber das konnte auch Zufall gewesen sein. Erst wunderte ihn dieses Verhalten, aber dann wiederum wusste er nicht, wie er selbst reagiert hätte, wenn ihm solch eine dunkle, vermummte Gestalt mit gesenktem Blick und einem riesigen schwarzen Vogel auf der Schulter entgegen gekommen wäre.

Mit der Zeit gewann Grunwald an Sicherheit. Er ging jetzt bedächtiger und bewusster, und wenn er bemerkte, dass er beobachtet wurde, drehte er sich ganz langsam in die Richtung der Spähenden und genoss es, wenn sie schnell und unauffällig in eine andere Richtung schauten und sich trollten. Und das besonders rasch, wenn Freitag leise zu krächzen begann. Dennoch war Grunwald froh, als der Spießroutenlauf ein Ende hatte und er in die Bahnhofsgegend kam, wo um diese Zeit weit weniger Betrieb herrschte. Er bog hinter dem verlassen anmutenden Bahnhofsgebäude in eine kleine, schäbige Seitenstraße, die zwischen ärmlichen, schmutzigen Gewerbebetrieben hindurch führte und in einem kleinen Wendehammer vor einem verbuschten Brachgelände endete. Ein kleiner Trampelpfad lockte Grunwald in das unwegsame Gelände, auf dem der Gehölzbestand nach und nach immer dichter wurde. Die beiden kamen an eine steile Böschung, die Grunwald, immer dem ausgetretenen Pfad folgend, hinunterkletterte. Unten angekommen traf er auf das alte, rostige und eingewachsene Gleis einer stillgelegten Bahntrasse. Müllreste zeugten davon, dass auch dieser abgelegene Ort nicht völlig verlassen war. Grunwald entschied sich, auf den Schienen nach rechts weiterzugehen. Nach einigen Schritten blieb er plötzlich stehen und horchte. Da waren Stimmen! Er spähte in die Dunkelheit, während er langsam weiter lief. Kurz darauf erkannte er die Silhouette eines schwarzen Tunnels, aus dem ganz offensichtlich die menschlichen Geräusche drangen. Der Art des Lärms nach zu urteilen hatten sich dort einige Jugendliche versammelt, um heimlich irgendeinen Unfug anzustellen. Wahrscheinlich waren auch Alkohol oder Drogen im Spiel, denn je näher Grunwald herankam, desto deutlicher war ein ungezügeltes Gegröle und Gejohle zu hören. Der Tunnel entpuppte sich jetzt als eine Unterführung der oben liegenden Hauptbahnstrecke, unter der das stillgelegte Industriegleis hindurchgeführt haben musste.

Grunwald und seine Krähe waren nun keine zehn Schritte mehr von der Öffnung entfernt. Doch so sehr Grunwald sich auch anstrengte, er konnte dort drinnen im Dunklen niemanden erkennen. Unter normalen Umständen wäre er spätestens jetzt umgekehrt und hätte sich der Unwägbarkeit niemals ausgesetzt, die eine Begegnung mit den Halbstarken mit sich brachte. Aber heute Abend, mit Freitag auf der Schulter, fühlte er eine beschwingte Lust, der Sache auf den Grund zu gehen und den Leutchen da mal einen kleinen Schreck einzujagen.

Grunwald trat aus dem Schutz des Dickichts. Er konnte seinen Schatten im fahlen Licht des Vollmonds vor sich erkennen. Mit einem Mal verstummte das Gelächter vor ihm. Bald vernahm er ein Zischen und Getuschel, noch bevor er zwei weitere schwere Schritte nach vorn machte. Dann plötzlich kam Unruhe auf. Die Gruppe in ihrem Versteck raffte ihre sieben Sachen zusammen und ergriff dann panisch die Flucht zur anderen Seite der Unterführung. Grunwald triumphierte. Er stapfte weiter, bis er direkt unter dem Eingang des alten Gewölbes stand. Dann überkam es ihn, lauthals zu lachen. Das hallende Echo ließ seine Stimme mystisch und unheimlich erschallen.

Gerade wollte Grünwald den Rückzug antreten, da grummelte es, immer lauter, bis kreischend und rumpelnd ein langer Güterzug über das Gleis auf der Brücke donnerte, der das hohle Bauwerk erzittern ließ. Freitag erschrak so heftig, dass er kreischend von Grunwalds Schulter in das Gesträuch flatterte.

Grunwald blieb wie angewurzelt stehen und wartete. Endlich war der Lärm vorüber. Die Krähe war nirgends zu sehen, und ganz langsam begann ein Gefühl der Panik seine Brust zuzuschnüren. Freitag kehrte nicht an diesen Ort des Schreckens zurück, da war er sich sicher. Er entschloss sich nach langem Zögern den Weg zurückzugehen, den er gekommen war. Er stolperte über den holprigen Gleiskörper, kletterte die steile Böschung hinauf und stand wieder auf dem Wendeplatz der asphaltierten Sackgasse. Ratlos und voller Sorge hielt er einen seiner Fleischköder hoch in die Luft und begann zu rufen, erst zaghaft, dann lauter. Schließlich brüllte er atemlos „Freitag" in den Himmel, wieder und wieder.

Nichts geschah. Grunwald wusste sich nicht mehr zu helfen. Konnte Freitag hier die Nacht überstehen? Würde er morgen im Hellen mehr Glück bei der Suche haben? Oder war die Krähe dann längst über alle Berge? Verzweifelt und mutlos erkannte er, dass sein Rufen keinen Erfolg brachte. Er schlich langsam zurück, mit Füßen so schwer wie Sandsäcke. Die Hoffnung hatte ihn verlassen, Freitag jemals wiederzusehen. Er machte sich solche Vorwürfe, diesen Ausflug überhaupt gewagt zu haben, es war doch Wahnsinn, nach so kurzer Zeit der Gewöhnung!

An der Einmündung zu dem verwahrlosten Gewerbegebiet drehte er sich noch einmal um. War da etwas? – Sein Atem stockte, als er von irgendwoher ein heiseres Krächzen vernahm. Schnell holte er den Fleischbrocken wieder hervor und schwenkte ihn rufend über sich hin und her. Dann sah er sie. Sie fiel aus dem Geäst einige Meter schräg vor ihm, drehte eine Kurve und kam im Tiefflug die Straße entlang, direkt auf ihn zu. Grunwalds Arm zitterte, als der große, schwarze Vogel zur Landung ansetzte.

„Freitag, da bist du ja, du kommst ja wieder!" Grunwald stammelte und redete krauses Zeug, voller Erleichterung. Freitag verschlang putzmunter das Fleisch und wollte gerade zurück auf die Schulter klettern, da hielt Grunwald erneut den Atem an: Der Schnabel des Tieres und auch das Gefieder am Köpfchen, alles glänzte feucht und rot verschmiert! – „Blut!", schoss es Grunwald durch den Kopf, und eine kalte Angst kroch seinen Rücken hinauf bis zu den Nackenhaaren. Hastig holte er ein Papiertaschentuch hervor und versuchte, die Krähe zu reinigen. Doch Freitag sah das wohl als Spiel an, begann wild zu zetern und zu hacken, erst nach dem Läppchen, dann in äußerster Rage nach Grunwalds Gesicht, bis er es aufgeben musste.

„Ist ja gut, Freitag!" Er versuchte das erregte Tier zu beruhigen, bis die Krähe wieder still, doch mit pochender Brust auf seiner Schulter hockte.

Grunwald lief schnellen Schrittes zurück, achtete nicht auf die wenigen Passanten, die in der Stadt noch unterwegs waren und ihn argwöhnisch belauerten, und war heilfroh, als er das Haustor und dann die Voliere erreichte. Er atmete tief durch. Freitag sprang zurück auf seine Stange, und er verschloss das Gatter fest.

Er würde sehr schlecht schlafen heute Nacht, denn sein unheimliches Erlebnis und das Bild des blutverschmierten Vogels gingen ihm nicht mehr aus dem Sinn.

9. Freistunden

Es war einer dieser sonnigen Märztage, in denen die Nächte noch frostig sind, die Tage jedoch bei klarem Himmel schon so warm werden, dass man versucht ist, im T-Shirt auf der Terrasse einen Cappuccino zu trinken. Das morgendliche Vogelkonzert verkündete wieder lauthals lustvolle Lebensfreude, und die dunklen, winterlichen Depressionen wichen auch unter den Menschen einer optimistischen, fröhlichen Aufbruchsstimmung.

Stefan saß in seiner Pause im Lehrerzimmer und blinzelte durch die Scheibe in die gleißende Morgensonne, die einen ihrer Strahlen genau auf seinen Platz sendete. Er räkelte sich mit gestreckten Beinen in dem wärmenden Licht. In diesem Jahr liebte er den Frühling ganz besonders. Während die Kollegen um ihn herum in ihre Stullen bissen oder Apfelstückchen knabberten, in Heften und Unterlagen blätterten oder in kleinen Grüppchen redeten, zog er sein Handy hervor und hoffte auf eine Nachricht. Doch er wurde enttäuscht, also ergriff er selbst die Initiative. Er tippte schon ganz schön routiniert, wie er fand, eine SMS: „Guten Morgen Geliebte! Ich mach grad ein Päuschen und denk an dich. – Mach dir einen schönen Tag." Den Gedankenstrich fand er nicht sofort, aber er war viel geübter als noch vor einigen Wochen. Er drückte „Senden" und war ungeduldig, eine Antwort zu empfangen.

„Hi Stefan! – Kontakt zur Außenwelt?"

Stefan zuckte zusammen. Es war Maggi, die ihn von hinten begrüßt hatte.

„Mann, Maggi! Du schleichst dich aber an!"

„Keine Sorge, ich bin sofort wieder weg. Ich muss noch was kopieren. – Wobei hab ich dich denn erwischt, dass du dich so erschreckt hast, he?"

„Privat, Maggi, kein Kommentar!" Stefan fühlte sich tatsächlich ertappt, fing sich aber schnell wieder und ging, statt sich zu verteidigen, zum Angriff über.

„Sag mir doch mal lieber, was du mit Wolf Göde zu schaffen hast. Wenn man euch im Zugcafé beobachtet, möchte man meinen ..."

Maggi unterbrach ihn: „... so hat jeder seine kleinen Geheimnisse. Belassen wir es dabei?"

Befriedigt verbuchte Stefan den Sieg nach seiner kleinen Offerte. Maggi ging summend hinaus und zwinkerte ihm rückwärts über die Schulter zu, so als wüsste sie schon Bescheid. Stefan lächelte. Sollte sie denken, was sie wollte, ihm würde sie nicht auf die Schliche kommen. Er wandte sich wieder seinem Handy zu, das zu seiner Freude gerade in der Hosentasche vibriert hatte.

Ungeduldig las er: „Päuschen ist guuut! Ich sehn mich nach dir."

Stefans Herz hüpfte. Schnell schrieb er zurück: „Wollen wir ein Weilchen forthuschen? Hab mittags drei Freistunden ... Kuss!"

Er musste nicht lange auf Antwort warten.

„Hab bis drei Zeit, dann kommen die Kinder."

„13.20 Uhr am Wäldchen? Ich hol dich ab! Vorfreude!"

„Schaff ich, bis gleich, Kuss!"

Die nächste Schulstunde begann, doch Stefan war unkonzentriert. In Gedanken war er schon bei seinem geheimen Treffen. Kaum zu glauben, wie sich das alles entwickelt hatte. Niemals hätte er geglaubt, dass er noch einmal solche Frühlingsgefühle haben würde.

Seine Schüler kannten ihn als amüsanten, aber konsequenten Lehrer, der sich nicht auf irgendwelche Spielchen einlässt. Umso mehr wunderte es sie, dass er heute Morgen mehr durchgehen ließ, als das normalerweise seine Art war. In der vorigen Stunde hatten sie eine Klassenarbeit geschrieben, entsprechend unruhig und laut waren sie nun. Aber Herr Wunder blieb gelassen, ließ die Schüler eine Zeitlang hibbeln und reden, bis die Lautstärke so stark anschwoll, dass es den Unterricht in den angrenzenden Räumen zu stören drohte. Da erst griff er lachend mit dem Vorschlag ein, hinaus in die Sonne zu gehen. Alle waren begeistert, zumal sie heute eine langweilige Lernstunde erwartet hatten. Aber Stefan verspürte selbst keine Lust dazu. Er schlug seinen Schülern einen Gang in den Schulgarten vor. Aber nicht um Unkräuter zu zupfen, was die Jungen und Mädchen wohl eher als Strafarbeit aufgefasst hätten, sondern um sich um die Kräuterspirale herum auf die Bänke zu setzen und ein Spiel zu spielen. Bedingung war allerdings ein absolut leises Hinausschleichen durch das Schulgebäude, und Stefan musste fast lachen, wie sehr sich die Kinder darum bemühten und wie wahnsinnig schwer es ihnen andererseits fiel, auf den Fluren die Klappe zu halten.

Der Schulgarten war ihm eingefallen, weil er schon auf dem Weg zu seinem Treffpunkt nach der Stunde lag. Während die Schüler in ihren Klassenraum zurückliefen, würde er Richtung Wäldchen gehen, das etwa zehn Minuten weit entfernt abseits am Rande des Stadtviertels lag.

Nach der Schulstunde ging er langsam die Straße herunter, er hatte Zeit genug. Seine märzenwarme, sonnige Umwelt nahm er kaum wahr. In Gedanken versunken schlenderte er seinem Ziel entgegen.

Die beiden Gestalten, die ihm in gebührendem Abstand folgten, hatten es leicht, nicht entdeckt zu werden. Ihr Ducken hinter parkende Autos oder am Weg aufgestellte Mülltonnen wäre gar nicht nötig gewesen. Stefan begann zu pfeifen, mehr schlecht als recht, und hatte ganz andere Gedanken im Kopf.

Bald sah er den Waldrand hinter der Siedlung. Die letzte Häuserzeile endete, ein schmales Pättchen führte an den Zäunen vorbei durch die Ziergartenlandschaft auf einen Trampelpfad, der ihn quer durch das Gehölz leitete. So kam er zur anderen Seite des Waldes. Dort begann die freie Feldflur, hier waren zu dieser Zeit keine unliebsamen Mitwisser zu befürchten. Am Feldrand stand ein Auto. Stefan lief darauf zu und sah sie durch die Windschutzscheibe lächeln. Sie öffnete ihm die Beifahrertür und empfing ihn mit einem zärtlichen Kuss.

Aus dem Dickicht in einiger Entfernung beobachteten die beiden Gestalten, die Stefan gefolgt waren, die unmissverständliche Szenerie und gibbelten aufgeregt. Jetzt wurde der Motor angelassen! Der Wagen fuhr rückwärts den Feldweg entlang und wurde immer kleiner. Dann stoppte er und bog langsam nach rechts in den Wald ein.

„Da muss ein Weg sein!", zischte Jonas, der Größere der beiden Schüler.

Die Jungen schauten sich an. Still kamen sie überein, sich näher heran zu trauen. Im Schutz der Waldranddickung pirschten sie dem Auto nach, in das ihr Lehrer Herr Wunder eben eingestiegen war. Sie kamen an den Abzweig, wo ein schmaler Pfad in das Holz führte. Ihre Herzen schlugen im Hals, als sie den geparkten VW nicht weit mitten im Unterholz entdeckten. Sie schlichen sich geduckt näher und näher, bis sie sich nicht weiter wagten, aus Sorge erwischt zu werden.

Doch was sie beobachteten, reichte vollkommen aus, um vor Aufregung schwitznasse Hände und rote Ohren zu bekommen. Die beiden Silhouetten des Liebespaares im Auto umschlangen sich leidenschaftlich. Den pubertären Jungen fehlte es nicht an Fantasie und Aufklärung, um sich die Vorgänge im Inneren vorstellen zu können. Sie meinten sogar die Karosserie sich bewegen zu sehen. Eine Weile beobachteten sie die Szenerie noch, bevor sie vorsichtig den Rückzug antraten. Als sie sich wieder auf dem Feldweg in Sicherheit wähnten, konnten sie sich kaum halten vor Lachen. Sie schubsten sich, kabbelten ausgelassen und erzählten sich atemlos gegenseitig, was sie gesehen und auch, was sie nicht gesehen hatten. Dieser Ausflug zu Lasten der versäumten Schulstunde hatte sich gelohnt, da waren sie sich vollkommen einig. Sie überlegten fieberhaft, was sie jetzt machen sollten, wie sie die Entdeckung verwenden konnten! Fürs Erste wollten sie es für sich behalten. Jetzt würden sie den Rest der Schulstunde mitmachen, damit nichts auffiele. Jonas setzte sein kränkelndes Kopfschmerzgesicht auf, Marco nahm ihn beim Arm und zeigte einen mitleidigen Dackelblick, mit dem er so manches Schauspielcasting problemlos gewonnen hätte. Wie sollte die Lehrerin böse sein, dass er Jonas nicht allein lassen wollte, der ein bisschen frische Luft gebraucht hatte. Die Mahnung, sich das nächste Mal vorher abzumelden, nahmen die beiden demütig an und setzten sich auf ihre Plätze.

Stefan lief den Weg zurück zur Schule, ohne auf die Umgebung zu achten. Er war noch gefüllt von den Eindrücken seines heimlichen Rendezvous. Die verbotenen Bilder schwirrten in seinem Kopf, der Duft der Zärtlichkeit umfing ihn warm und aufregend. Mein Gott, wie sich all das entwickelt hatte! Nach jener Nacht, in der das kräftige Wintergewitter getobt hatte, war alles anders geworden. Hannah war mit den Kindern am nächsten Mittag heimgekehrt. Sie hatten die frisch renovierten Zimmer bewundert und sich ans Einräumen gemacht. Hannah und er hatten sich angelächelt, jedoch kein Wort über das nächtliche Telefonat gewechselt. Am Abend dann, als die Kinder schliefen, hatte Hannah zwei Gläser und eine Flasche Rotwein hervorgeholt, eine Kerze entzündet und sich mit Stefan aufs Sofa gesetzt.

Sie goss ein, bot Stefan ein Glas und hob ihres in die Höhe.

„Auf uns!", sagte sie und schaute Stefan in die Augen.

„Auf uns!"

Die beiden Gläser klangen aneinander, beide tranken. Hannah sagte nichts. Stefan musste das Gespräch beginnen.

„Wir haben zu wenig Zeit füreinander, Hannah."

„Ja, das stimmt. Der Alltag frisst uns auf."

„Alles ist irgendwie wichtiger als wir beide."

„Dabei ist mir nichts so wichtig wie du."

„Und wenn wir mal Zeit haben, dann streiten wir."

„Heute streiten wir nicht."

„Weißt du noch, als wir uns gerade ein paar Wochen kannten? Der Sommerabend auf der kleinen Lichtung?"

„Du warst ziemlich dreist."

„Und du fandest das doof."

„Weil ich mich überrumpelt fühlte. Es kam mir irgendwie zu angriffslustig vor."

„Wir kannten uns ja auch kaum. Es war auch mehr meine Unsicherheit als Draufgängertum."

„Ich war ja genauso unbeholfen. Aber schön war es trotzdem."

„Hannah?"

Hannah schaute Stefan freundlich an.

„Weißt du, was ich mir neulich vorgestellt hab?"

„Ich wüsste gern mehr davon, was du dir so vorstellst."

„Also – jetzt nicht sauer sein. – Ich hab mir eine Geliebte vorgestellt. – Also ich hab mir vorgestellt, ich hätte eine Geliebte." Stefans Kopf wurde heiß bei diesem Geständnis.

Hannah nahm die Beine auf das Sofa. Dann fragte sie: „War sie ganz anders als ich?"

„Ich weiß gar nicht genau, wie sie war. Sie war warm und weich."

„Bin ich auch."

„Hast du auch schon mal so was gedacht?"

„Hm. Nein. Ehrlich gesagt nicht. Aber ich habe Zärtlichkeit vermisst. Vielleicht ist das dasselbe?"

„Ja, vielleicht."

„Was hast du dir vorgestellt, was du mit ihr machst?"

Stefan wurde rot, tomatenfarben. Die Frage war so direkt, dass er nicht gleich darauf antworten konnte. Doch Hannah schwieg und war-

tete, bis Stefan endlich hervorbrachte: „Es waren Inselträume. Einfach nur Sonne, ein weißer Strand, und sie und ich. Wir mussten nicht ans Überleben denken. Wir hatten einfach nur Zeit, im Sand zu liegen, den Möwen zuzuschauen und uns zu lieben."
„Ihr hattet nichts an, nehme ich an."
„Nö, hatten wir nicht."
„Wäre ja auch blöd." Hannah schaute nach unten und schmunzelte.
„Wäre ziemlich blöd, jo."
Sie tranken und wechselten das Thema, wurden belangloser, lachten. Schon lange hatten sie nicht mehr ohne Fernsehen so zusammengesessen. Schließlich wirkte der Wein schläfrig, und als Stefan gähnen musste, nahm Hannah ihn bei der Hand und stand auf. „Komm schlafen", sagte sie, „du Inselträumer."

Sie war rasch auf seiner Schulter eingeschlafen, während sein Arm unter ihr zu kribbeln begann. Doch er wollte es noch ein Weilchen aushalten. Er spürte ihren warmen Atem an seiner Brust und fühlte sich müde und wohl. Seine Gedanken glitten hinüber zu seiner Insel. Es war das erste Mal, dass er daran dachte, sie einmal mitzunehmen.

Am nächsten Morgen war der Gedanke gefestigt und konkret, nicht so unwirklich und verschleiert wie beim Einschlafen. Er wollte es ausprobieren. Hannah saß schon am Frühstückstisch und las die Zeitung. Stefan kramte aufgeregt im Flur sein Handy aus seiner Arbeitstasche, schlich damit zur Gästetoilette, schloss sich ein und begann eine Nachricht zu tippen. „Es gibt dort eine Palme", schrieb er ohne Anrede, „in die ich ein Herz und unsere Namen ritze." Mehr schrieb er nicht, Hannah würde die Anspielung schon verstehen. Klang kitschig irgendwie. Egal. Er sendete. Jetzt war es zu spät für einen Rückzieher. Stefan ging möglichst unbefangen in die Küche, küsste Hannah zur Begrüßung und setzte sich zu ihr. In diesem Moment signalisierte ihr Handy in der Kü-

chenschublade die Ankunft einer Nachricht. Sie wunderte sich und rechnete mit einer Werbung, sah aber doch neugierig nach. Stefans Schläfen surrten. Hannah las. Sie klappte das Handy zu und legte es zurück in die Schublade. Hannah setzte sich wieder zu ihm. Stefan platzte.
„Was war denn?" fragte er linkisch, ohne von der Zeitung aufzusehen.
„Nix, nur Werbung." Hannah gab sich keine Blöße.
Die Kinder kamen herunter, es wurde fröhlich und unruhig, bis alle das Haus verließen. Hannah küsste Stefan an der Tür. Ihre Lippen waren überraschend weich und warm, es fühlte sich so gar nicht nach einem „bis nachher"-Schmatz an.
Am Bahnhof hatte Stefan wie immer Maggi getroffen, sie begrüßten sich gerade, als sich Stefans Handy meldete. Er entschuldigte sich, um aufgeregt die Nachricht abzurufen. Sie war tatsächlich von Hannah. Auf dem Display las Stefan: „Nimm mich mal mit, du Inselträumer. Warum immer nur träumen? Ich liebe dich."
So hatte alles begonnen.

Stefan hatte inzwischen das Schulgebäude erreicht und ging ins Lehrerzimmer, da er noch etwas Zeit bis zur nächsten Unterrichtsstunde hatte. Noch immer hing er seinen Gedanken nach. Konnte man eine heimliche Affäre mit seiner eigenen Frau haben? In ihrem gewöhnlichen Leben verlor keiner der beiden ein Wort darüber. Sie lebten ihr Leben ganz normal weiter, mit aller Hektik, allem Stress und der Abgespanntheit, die ein Familienleben von Doppelverdienern mit sich bringt. Aber sie schrieben sich heimlich, so als betrögen sie sich mit jemand anderem, und niemand durfte davon wissen. Bald hatten sie sich das erste Mal zu einem Treffen verabredet. Er hatte ein Hotelzimmer gemietet und bezahlte es für eine Nacht, obwohl sie es nur zwei kurze Stunden am späten Nachmittag belegt hatten, als die Kinder bei Freunden untergebracht waren. Sie spielten ein Spiel. Sie hatten eine gemeinsame Insel gefunden. Und es sollte ihre zweisame, geheime Insel bleiben, sie waren sich stillschweigend einig. Es war magisch.

Als Stefan nach Hause kam, war Hannah in der Küche zu Werke. Er küsste sie zur Begrüßung in den Nacken und wuschelte ihr durch das Haar. Sie ließ sich nicht stören, lächelte aber und fragte:

„Na? Wie war dein Tag? Stressige Kinder?"

„Och, es ging. Schulalltag eben. Jonas uns Marco hatten in der letzten Stunde einen Lachflash. Keine Ahnung, was sie so erheitert hat, bei 13-Jährigen reicht da manchmal ein Pups. Ich musste sie vor die Tür setzen. Was hast du gemacht heut?"

„Guck dich um!"

„Fenster geputzt?"

„Und?"

„Ahh, umdekoriert! Es wird Sommer!"

„Genau! Und Terrasse geschrubbt, wir essen heut draußen. Hau rein, Tisch decken!"

Stefan klapperte folgsam mit den Tellern.

10. Rufmord

Bei den Pendlern im Zugcafé herrschte Aufregung. Anlass war die Tageszeitung, die Stefan mitgebracht hatte. Zunächst waren erneut die Missstände in der Kirche Anlass zur Diskussion. Es stand fast jeden Tag etwas darüber geschrieben. Wenn es nichts Neues zu berichten gab, waren doch zumindest ein oder zwei Leserbriefe abgedruckt, die sich ganz subjektiv und oft voller Emotionen damit beschäftigten. Der beschuldigte Kaplan schwieg schon seit Tagen beharrlich zu den Vorwürfen, die sich ausweiteten. Zwei weitere Kirchenherren wurden der Misshandlung und des Missbrauchs von Jugendlichen verdächtigt, und umso bedeckter sich die Kirche hielt, desto üppiger rankten die Gerüchte um allerhand Frevel, der immer unglaubwürdiger wurde.

Doch der Anlass für die neuerliche lautstarke Unterhaltung war ein weiterer Artikel unter „Lokales", den Stefan plötzlich entdeckt hatte.

„Hört euch das an!", rief er begeistert und schürzte in bekannter Manier die Lippen. „Habt ihr das gelesen?" Pathetisch trug er den besagten Artikel, den er so Aufsehen erregend fand, vor:

Hexer in der Südstadt!
Sobald es dunkel wird, holen die Mütter ihre Kinder von der Straße. Seit einigen Wochen berichten Augenzeugen von einer unheimlichen Gestalt, die durch die Südstadt schlurft. Vermummt mit Handschuhen und Kapuze, den Blick zum Boden geheftet, schleicht er durch die Gassen und Winkel. Auf seiner Schulter hockt ein riesiger, schwarzer Rabe – so jedenfalls beschreiben ihn übereinstimmend diejenigen, die ihm begegnet sind. Die ersten Berichte stammen von einer Gruppe Jugendlicher, die sich abends hin und wieder unter der alten Gleisbrücke hinter dem Bahnhof trifft. Die düstere Gestalt tauchte plötzlich vor dem Gewölbe aus dem Unterholz auf, kam immer näher und stieß ein dämonisches Gelächter aus, sodass die Jungen und Mädchen schockiert das Weite suchten. An anderen Ta-

gen wurde er in den Industriebrachen an der Hauptmannstraße beobachtet. Was ist dran an dem aufblühenden Mythos vom „Hexer"? Was ist wahr von den sich um ihn rankenden Gerüchten?
Sicher weiß man bislang nur, dass er existiert. Inzwischen sind über einhundert Hinweise eingegangen, von denen zumindest ein Teil auch glaubhaft erscheint. Immer wieder wird der Hexer mit seltsamen Geschehnissen in Verbindung gebracht, die sich in der Südstadt in letzter Zeit häufen. Eine tote Katze wurde aufgefunden, deren Todesursache nach Aussage von Tierarzt Dr. Lübke möglicherweise nichts mit einem Verkehrsunfall zu tun hat. Die untersuchten Wunden an Hals und Rücken sind seiner Meinung nach Hackspuren eines Vogels, zum Beispiel eines Habichts. Dass es ein Rabe gewesen sein kann, schließt Lübke jedoch nicht aus. Mehrmals wurden Kratzspuren an parkenden Autos angezeigt, die von einem Schlüssel, genauso gut aber von einem Vogel stammen könnten. Am Holthausweg klagt die Anwohnerschaft über zerfetzte Müllsäcke. Auch hier in der Nähe wurde der Hexer vor einer Woche gesichtet.
Inzwischen hat sich die Polizei der Sache angenommen. Sachdienliche Hinweise werden im Polizeirevier Süd entgegen genommen. Zurzeit wird ermittelt, ob der seltsame Fremde auch mit dem Verschwinden des kleinen Lukas in Verbindung gebracht werden kann (wir berichteten). Von dem Jungen fehlt immer noch jede Spur.

„Hexer in der Südstadt! Was ist das denn für ein Quatsch?" Banjo schüttelte den Kopf in der Überzeugung, dass die Menschheit nun endgültig den Verstand verloren habe.

Thessi hatte voller Spannung zugehört.

„Na irgendwas muss doch dran sein! Die Leute erfinden das doch nicht aus der Luft!"

Maggi zweifelte.

„Na ja, weißt du, wie schnell Gerüchte entstehen? Da hat einer im Dunklen was gesehen, schon wird ein Mann mit einem Raben draus und alles andere geht in Windeseile."

Dr. Grunwald, der die ganze Zeit bewegungslos gelauscht hatte, sagte: „Vielleicht war es auch eine Krähe."

Alle drehten sich zu ihm um und starrten ihn an. Stefan fragte argwöhnisch: „Was weißt du denn darüber, Doktorchen?"

Grunwald nahm sich zusammen.

„Natürlich nichts, aber ich meine, da hat einer möglicherweise eine Rucksackschnalle oder sonst was auf der Schulter gesehen, dann wird da eine Maus, eine Katze, eine Krähe oder schließlich sogar ein Rabe draus. Übermorgen ist es dann ein Elefant."

„Da hat er Recht", stimmte Maggi zu. Aus Mücken werden Elefanten." Grunwald war irritiert, dass Maggi grinste, obwohl es gar nichts zu Grinsen gab.

Auch der junge Wolf Göde war im Abteil, hatte aber bislang unbeteiligt auf seinem Klappsessel gehockt und die Szene verfolgt. Jetzt stand er auf, trat zum Tresen und sagte:

„Warum schießt niemand ein Foto vom Hexer? Tausend Leute haben heutzutage eine Kamera im Handy, schnipps, schon hat man Beweise."

„Na ja, Beweise", zweifelte Grunwald, „das Ungeheuer von Loch Ness wurde auch schon fotografiert, oder die ganzen UFOs, die unsere Erde immer wieder besuchen."

Thessi dachte plötzlich an ihre eigene geheime Aktion und stellte sich vor, ihr Erpresserbrief würde in der Zeitung stehen. Was für Mutmaßungen würde er zulassen? Was für einen Elefanten konnte man aus ihrer Mücke machen? Sie sagte entschlossen: „Egal was es nun war, eine Krähe, ein Rabe oder eine Ratte, nach einem Kindermörder klingt das jedenfalls nicht."

Auch Stefan war plötzlich seine eigene Situation in den Sinn gekommen. Auch er hatte ein Geheimnis, das er niemals in der Zeitung wiederfinden wollte.

„Vielleicht", überlegte er laut, „ist diese Geschichte ja nichts anderes als so ein umgeworfener Pappbecher. Also ich meine, da tut jemand etwas außerhalb unserer Gesellschaftsordnung, läuft mit einem Raben durch die Nacht, und erweckt natürlich Misstrauen, weil man so etwas einfach nicht macht!"

Banjo war es jetzt leid.

„Ach nu hört doch auf mit dem Quatsch!", meinte er mürrisch, „ihr seid ja abergläubisch wie im Mittelalter! Glaubt doch nicht diesen Blödsinn. Hexer in der Südstadt! So ein Irrsinn!"

Doch Maggi interessierten diese Überlegungen brennend, sie überhörte Banjo einfach:

„Ein Schriftsteller hat einmal geschrieben, dass es für die Menschen eher wahr ist, was in der Zeitung steht, als das, was im Leben passiert. Die Leute lesen sich den Wetterbericht durch und glauben am Abend, dass es durchwachsen war, obwohl draußen den ganzen Tag die Sonne am Himmel stand."

„Schlechtes Beispiel, Maggi", antwortete Stefan, „aber du hast im Grunde recht. Die Richtigstellung einer Zeitungsente interessiert am Ende die wenigsten."

Maggi warf ein: „Was ist überhaupt wahr und was nicht? Wenn das Wetter in der Zeitung schlecht vorhergesagt wird, und ich bin deshalb mies gelaunt, dann ist der Gedanke an schlechtes Wetter in meinem Kopf wahr geworden, egal, wie schön es draußen wirklich ist."

Banjo hatte sich völlig entnervt und kopfschüttelnd abgewandt und putzte die Spüle.

Goethe kam wieder zum Zeitungsartikel: „Vielleicht gibt es immer mehrere Wahrheiten. Der Reporter braucht eine Wahrheit, die sich gut verkaufen lässt. Der ominöse Hexer hat wahrscheinlich eine ganz andere Wahrheit im Kopf und ein Richter würde die Sache wieder anders beurteilen."

„Und ein Schriftsteller?", fragte Maggi ihn daraufhin linkisch, „welche Wahrheit hat ein Schriftsteller?"

Goethe überlegte.

„Schriftsteller schaffen sich auch ihre eigene Wahrheit. Und Erfolg haben sie, wenn viele Leser in diese Wahrheit eintauchen und sie für sich als real empfinden."

Grunwald traute sich jetzt, als es nicht mehr direkt um den Hexer ging, sich einzumischen: „Ja sicher! Guck dir so einen Roman an, so einen richtigen Schmöker! Oder noch besser: Filme! Den Zuschauern kommen die Tränen, sie schluchzen oder lachen, als wären sie mittendrin. Wenn meine Frau „Vom Winde verweht" guckt, weiß ich wirklich nicht mehr, in welcher Realität sie gerade ist."

Stefan dachte an manche Schüler, die sich im Internet ganze Parallelwelten schafften, in denen sie lebten, völlig irreal und doch ganz gefangen. In der Erdenwelt bekamen sie irgendwann überhaupt nichts mehr auf die Reihe. Doch bevor er davon reden konnte, fiel Thessi noch etwas ein. „Wie ist es mit Träumen?", fragte sie und beantwortete ihre Frage selbst: „Ich hatte schon Träume, die so echt waren, dass ich mit klopfendem Herzen oder mit Tränen in den Augen aufgewacht bin."

Stefan schmunzelte: „Das stimmt, im Traum kann sich die Realität mit der Wirklichkeit so vermischen, dass der Körper auf Reize aus dem Traum reagiert, als wäre der Traum echt." Er dachte dabei an das Phänomen feuchter Träume, und zumindest Grunwald hatte ihn verstanden.

Er lachte: „Gibt es das bei Frauen eigentlich auch? Erotische Träume, die der Körper als Realität wahrnimmt?"

Maggi antwortete amüsiert: „Natürlich, Doktorchen, das bleibt nicht nur euch Männern vorbehalten!"

Thessi dachte plötzlich an einen ihrer Träume aus der Pubertät, der lange Zeit in ihr Unterbewusstsein abgetaucht war. Sie hatte damals eine sehr intensive Liebesszene mit einer jungen Frau geträumt. Noch nach so langer Zeit konnte sie die Szene nachempfinden, als wäre alles in Wirklichkeit geschehen. Sie sah das blonde, weiche, halblange Haar, spürte den zärtlichen Blick, mit dem die Traumfrau sie angesehen hatte, während sie auf ihr saß, nur obenrum mit einem blauen Nicki bekleidet, dessen weichen Stoff Thessi noch immer riechen konnte. Sie war mit pochendem Herzen erwacht. Aber von all dem wollte sie hier nichts erzählen.

In ihre Gedanken hinein resümierte Wolf: „Wir haben also Filme, Bücher, Träume, Zeitungswahrheiten, alle spiegeln uns eine Wahrheit, die uns emotional erregt, und die sich in unserer Wahrnehmung von der ‚echten' Realität eigentlich gar nicht unterscheidet."

Da hörten sie Banjo sagen: „Musik ist auch eine Wahrheit." Er wendete seinen Gästen immer noch den Rücken zu und hatte mehr zu sich selbst gesprochen.

„Ja", antwortete Thessi, „ich habe auch schon wegen einer Musik weinen müssen."

„Oder man kriegt eine Gänsehaut", ergänzte Grunwald.

Für Maggi war Banjos Bemerkung ein Schlüsselerlebnis. Sie spürte, dass er gerade irgendetwas Grundlegendes, Wichtiges gesagt hatte, aber sie konnte es nicht in den Zusammenhang stellen. Die Gedanken schwirrten in ihrem Kopf. Die Diskussion war zu kraus gewesen, eine Art Brainstorming, und Maggi spürte einen inneren Drang, alle Ideen und Beispiele zu ordnen, um dieser Wahrheit auf die Spur zu kommen, die sich in einem dichten Nebel in ihrem Kopf verbarg.

„Maggi, kommst du?", hörte sie plötzlich Stefan rufen, denn der Zug fuhr in den Bahnhof ein, die Pendler mussten aussteigen. Maggi folgte dem Ruf, aber sie wusste, dass ihr diese Gedanken so schnell nicht mehr aus dem Kopf gehen würden.

Auch Wolf hatte das heutige Gespräch im Caféwagen mit Spannung verfolgt. Für ihn hatte sich plötzlich die Realität des Zugcafés mit seiner eigenen, ausgedachten Geschichte so eng verwoben, dass er die verschiedenen Wahrheiten kaum noch auseinander halten konnte. Es war ein großartiges und zugleich erschreckendes Gefühl. Wie starkes Lampenfieber war ihn eine innere Unruhe überkommen. Jetzt, da dieses unbestimmte Gefühl gerade wieder abklang, sehnte er es sich schon wieder dringend herbei, es war eine Art Suchtempfinden, dass ihn zwar nicht quälte, aber doch aufwühlte. Er würde heute nicht zur Arbeit gehen können, das wurde ihm mit einem Mal klar. Er musste weiter schreiben. Die Erdenwelt würde auf ihn warten müssen. Der Zwang, seine geschriebene Welt weiter zu spinnen, war unwiderstehlich. Wolf nahm den Weg zum Stadtpark. Da das Wetter sonnig und warm zu werden versprach, wollte er sich auf eine der Bänke setzen und dort weiter schreiben, wenigstens ein bis zwei Stunden, so lange würde ihn niemand vermissen.

Auch Thessi, Grunwald und Stefan beschäftigte das Gespräch über die parallelen Realitäten noch. Alle drei dachten an ihre heimlichen Abenteuer. Sie ahnten, dass all das mit Wolf zu tun hatte, aber auch wenn sie ein ungutes Gefühl der Fremdbestimmung empfanden, wollten sie keinesfalls, dass es beendet würde. Ihr Leben erschien ihnen so reich und erfüllt, und selbst wenn alles nur ein Traum sein sollte, wollten sie jetzt nicht aufwachen, jetzt bitte noch nicht.

11. Die fünfte Dimension

Sie saßen im Kreis um den runden, dunklen Holztisch im für sie reservierten Hinterzimmer des Ratskellers. Fünf Weingläser klangen aneinander. Doch bevor sie tranken, ergriff Wolf das Wort:

„Es hat sich vieles verändert, seit Luna unsere Treffen besucht. Ich weiß, dass ihr anderen zunächst skeptisch wart, eine Frau in unseren Kreis aufzunehmen. Nun sind drei Monate vergangen, und ich denke, ihr werdet mir zustimmen, wenn ich hier sage, dass wir uns gar nicht mehr vorstellen können, wie es ohne dich war, Luna."

Natter, der Kleinste unter ihnen, streckte zustimmend den Daumen in die Höhe und unterbrach Wolf: „Aus philosophisch-politischen Diskussionen ist sozusagen Wolfsgeheul geworden!"

Die anderen lachten und Luna lächelte mit hochgezogenen Augenbrauen in die Runde. Wolf redete weiter:

„Richtig. Luna, du hast in unsere theoretischen, ernsthaften Gespräche über Gott und die Welt, die wir hier stundenlang geführt haben, eine emotionale Weichheit, eine Sinnlichkeit, ein warmes Gefühl gebracht. Und wer zwischendurch Angst davor hatte, auf diese Weise den klaren, analytischen Verstand zu verlieren und in romantischer Schwelgerei zu versinken, ist eines Besseren belehrt worden. Ich will es so ausdrücken: Durch Luna haben unsere Aktivitäten und Gespräche nichts verloren, sondern etwas Wesentliches gewonnen: Sie haben eine neue Ebene, einen Sinn und ein Gefühl bekommen."

„Na na, Wolf, nun ist aber mal gut!", wehrte Luna jetzt ab. „Ich mach doch gar nichts. Ich rede nur mit euch, meinetwegen aus anderem Blickwinkel. Aber genauso, wie ich euch inspiriere, inspiriert ihr mich und einander! Und außerdem", fügte sie hinzu, „willst du mich hoffentlich nicht auf die weiblich-sinnliche Rolle reduzieren, das will ich dir nicht geraten haben. Ich habe nicht das Gefühl, dass ich euch in intellektueller Hinsicht in irgendeiner Weise unterlegen bin."

„Eins zu Null für Luna!", wieherte Natter und schlug mit der flachen Hand auf den Tisch. Roman und Tell lachten mit.

Wolf entschuldigte sich: „Nimm es, wie du magst, Luna. Ich wollte dich sicher nicht als Katalysator für unsere männlichen Inspirationen diskriminieren, keinesfalls!"

„Im Gegenteil", mischte sich Tell ein, „ich würde sogar sagen, dass du uns Mannsbilder auch an Verstandesschärfe bei Weitem übertriffst!"

„Hm", wendete Natter ein, „sagen wir, wir befinden uns auf Augenhöhe, kannst du damit leben?"

Luna lachte und streckte Natter das erhobene Glas entgegen.

Wolf hob ebenfalls den Wein in die Höhe und ergriff wieder das Wort: „Trinken wir also auf unsere Luna! Wie froh und dankbar wir sind, dass du zu uns gestoßen bist!"

Natter, Roman und Tell erhoben sich und stimmten ernst und feierlich in diesen Toast ein. Luna wurde verlegen. Insgeheim jedoch genoss sie die Anerkennung durch ihre vier männlichen Gefährten und ließ sich all die Schmeicheleien und Zuwendungen gern gefallen, die ihr in diesem Kreis zuteil wurden. So verschieden die vier waren, alle gefielen ihr in ihrer Art.

Natter, der bissige Kulturjournalist, dessen Essays, Rezensionen und Abhandlungen ein zynisches Gift verspritzten, das die Leser geradezu süchtig danach machte.

Roman, der Weitschweifige, der so zurückhaltend, blass und schwindsüchtig wirkte, aber in seinen Texten fantasiereiche und aufregende Abenteuer entwickelte, die niemals enden wollten, und der mit dem Zeigefinger nach jedem Absatz, den er las, seine Brille auf der Nase in Position schob.

Tell, der Dramatiker mit seinem mittelalterlich wirkenden Spitzbärtchen am Kinn, der kleine Theaterstücke schrieb, die sie hier zu viert ab und an in verschiedenen Rollen lasen und sich königlich amüsierten. Besonders Luna war begeistert von seinen Texten, weil sie die Klassik des Dramas mit der Moderne des absurden Theaters auf eine ganz neue, einzigartige Weise verwoben, wie sie fand.

Und nicht zuletzt Goethe, der Dichter, der Luna hierher gebracht hatte. Seit sie Mitglied im „Hinterzimmer" war, hatte Wolf nichts mehr vorgetragen; Luna wusste natürlich, dass er mit seiner Geschichte über die Pendler beschäftigt und dabei so vertieft war, dass für lyrische Einfälle kein Raum blieb, zur Enttäuschung der anderen, denn seine pointierten Verse waren sehr beliebt unter ihnen. Seine neueste Arbeit, an der er jetzt schon so lange saß, hielt er streng geheim hier am Stammtisch, keine Silbe kam über seine Lippen. Er entschuldigte sich immer wieder damit, dass noch zu viele Ungereimtheiten in den Kapiteln seien und ihm außerdem das Ende noch nicht klar vor Augen lag. Möglicherweise, je nachdem, wie es sich entwickelte, würden sich auch vorn ganze Passagen noch einmal ändern.

Luna musste darüber lächeln. Sie war die Einzige, die mehr wusste. Auch sie kannte den Ausgang der Geschichte zwar noch nicht, aber dass Wolf viel weiter war, als er hier zugab, das wusste sie. Und dass sie alle darin vorkamen, Natter, Roman, Tell, aber auch Wolf und sie selbst. Doch sie spielte gern mit, denn sie liebte diese Geheimniskrämerei und wusste ja auch den Grund dafür. Da Wolf auch über das Hinterzimmer schrieb, konnte seine Geschichte natürlich nicht erlebt werden, bevor sie geschrieben war. Es war paradox.

Die Bedienung kam heran und stellte Knabbereien auf den Tisch, so wie es hier üblich war. Die Stammtischler nutzten die Gelegenheit für eine neue Bestellung, Riesling Hochgewächs, ein neues Fläschchen, denn das erste ging schon zur Neige. Da Wolf und Luna gemeinsam mit dem Zug anreisen und die anderen drei ganz in der Nähe wohnten, musste keiner von ihnen auf die Promille achten.

„So!", rief Luna aufgekratzt, „Was hören wir denn heute? – Natter? Hast du was Neues auf Lager?"

Doch Natter stimmte ganz unvermittelt nörgelige, missmutige Töne an. „Ach Luna, willst du wirklich was hören? Nichts für ungut, aber manchmal frage ich mich, was unser Geschreibsel hier eigentlich soll. Gut, ich selbst verdiene meine Brötchen damit. Aber wenn einer glaubt, das ist Literatur, was wir hier machen, dann kann ich nur lachen."

„Mir gefällt es!", antwortete Luna skeptisch.

Roman hatte die Augenbrauen hochgezogen und stupste seine Brille.

„Du meinst nicht im Ernst, dass die Qualität von Literatur von der Anzahl der Leser abhängt!"

„Natürlich nicht, aber habt ihr euch nie gefragt, ob das eigentlich Sinn macht? Milliarden von Buchseiten werden gefüllt, meint ihr, da müssen wir unbedingt noch welche hinzufügen?", giftete Natter. „Zumal welche, die kein Mensch liest?"

Tell schüttelte den Kopf.

„Was soll das denn jetzt, Natter! Also mir reicht es, wenn es euch gefällt und Luna."

„Ach komm Tell, machen wir uns nichts vor. Unsere Zeilen taugen noch nicht einmal dazu, eine Frau zu verführen."

Luna wich Natters provozierendem, direktem Blick in ihre Augen nicht aus, überhörte diese Spitze jedoch einfach, ohne darauf zu reagieren. Natter fing sich wieder.

„Der große Ruhm und Erfolg kommt natürlich erst nach dem Ableben", fuhr er fort. „Ich bin nur frustriert, weil wir nichts bewirken! So wie ein Kind, dass Klötzchen aufeinander stellt, nur um sie wieder umzuwerfen. Es ist nichts! Es zählt nichts!"

So entspann sich eine hitzige Debatte über den Sinn und Unsinn des Schreibens, bis Goethe, der sich bis dahin zurückgehalten hatte, sagte:

„Nichts rechtfertigt das Schreiben, natürlich nicht. Genau wie das Bildermalen oder sonstige Kunst. Ob es jemand liest ist doch Nebensache. Für mich ist Schreiben Freiheit. Alles ist erlaubt, in den Zeilen findet der Teil unseres Lebens statt, der in der Realität nicht lebbar ist."

Natter zischte: „Ups, Literatur als Revolte gegen Moral, Sitte und Gesellschaftszwänge."

„Und soziale Kontrolle", ergänzte Roman nachdenklich.

„Ja, so ähnlich. Ein umstürzender Pappbecher!"

Luna war die Einzige, die Wolfs Anspielung verstand, und sie lachte laut auf.

„Der war aber Realität, mein Lieber, oder?!"

Die anderen schauten fragend, aber Wolf ging nicht weiter darauf ein, sondern erklärte: „Vielleicht lohnt der Versuch, die Grenzen zwischen dem Sein und dem Schein zu verwischen. – Was Realität und was Traum ist, entscheiden wir selbst! Guckt nicht so! Stellt euch vor, es geht plötzlich umgekehrt: es geschieht, was geschrieben wird. Oder besser noch: in beide Richtungen offen! Dann lohnt das Schreiben, auch wenn es kein Mensch liest."

Tell glaubte zu verstehen.

„Eine Art Bewusstseins- und Daseinserweiterung des Schreibenden, in dem er sein Leben um eine Dimension bereichert, die ihn das Fliegen lehrt!"

Natter klatschte Beifall.

„Wunderbar, die fünfte Dimension! Ihr werdet immer besser! Schreiben, um zu sein, und Sein, um zu schreiben! Ihr gleitet hier in eine Pseudo-Philosophie ab, das ist schon nicht mehr erlaubt."

Erneut brachte der Kellner Wein. Je beschwingter sich ihre Sinne benebelten, desto unüberlegter, emotionaler und vor allem persönlicher wurden die Bemerkungen. Luna zog streng die Augenbrauen hoch, als Tell das Bild vom Fliegen wieder aufnahm und plötzlich erregt rief:

„Fliegen! In den Zeilen, zwischen den Zeilen, wo wollt ihr denn herumfliegen! Unsere Texte, die wir hier zum Besten geben, sind in den letzten Wochen doch nur noch ein sehnsüchtiges Flehen, ein Werben und Freien!"

Dabei schaute er zu Natter, dessen Andeutung von vorhin er jetzt mutig ausführte. „Beflügelt ja, das schon, aber Fliegen? Wir alle würden gern zum Mond fliegen, oder? Aber wir schlagen nur hilflos mit den Flügeln."

Luna war diese direkte Offerte unangenehm, denn natürlich hatte sie verstanden, dass sie mit dem Mond gemeint war. Es beunruhigte sie, dass sie sich in der letzten Zeit immer häufiger genötigt sah, ihren Gefährten die Grenzen aufzuzeigen.

„Hört mal zu, ihr Lieben!", antwortete sie aufgebracht, „Ich hab hier meine Position jetzt oft genug deutlich gemacht! Ich will hier nur eine unter euch sein, und dass ich eine Frau bin, mag euch beflügeln, meinetwegen. Ja, ich freu mich sogar daran! Aber wenn hier Frust und Eifersucht aufkommen, fühl ich mich absolut fehl am Platz! Ich mag euch alle vier sehr, aber wenn ihr mit meiner Offenheit nicht umgehen könnt, bin ich nicht mehr dabei!"

Natter zischte zynisch: „Piep piep piep, wir ham uns alle lieb ..."

Wolf war bemüht, die Wogen zu glätten. „Leute", sagte er ruhig, „lasst uns mal beim Thema bleiben! Luna ist hier kein Objekt der Begierde, das sollte allen klar sein, ja? Fliegt in euren Texten, aber stürzt in der Realität nicht in die Tiefe. – Können wir uns da einigen?"

Luna war ihm dankbar für diese deutlichen Worte, und Natter und Tell schwiegen tatsächlich und senkten die Köpfe.

Tell war sein Gefühlsausbruch nun unangenehm, er wollte sich erklären und entschuldigen, doch er fand nicht gleich die richtigen Worte. Er dachte angestrengt nach, bevor er endlich den Kopf hob:

„Na gut, einverstanden. Luna, du hast Recht. Wir dürfen die Realität nicht mit der Traumwelt unserer Fantasien und Wünsche vermengen. Für meinen Teil ist es wohl so, dass die in mein neues Theaterstück projizierten Sehnsüchte in die Wirklichkeit zurückschlagen. Also, tja, wie meine ich das ... es ist wie ... sagen wir mal so: Du hast einen inneren Aufruhr initiiert, Luna, du hast ein Pendel in Schwingung versetzt, eine Bewegung, die ich in meiner literarischen Arbeit zu kompensieren suche. Aber anstatt die Emotionen abzubauen, schaukelt sich das Pendel in meiner Scheinwelt des Schreibens immer weiter auf. Es wird immer schwerer, die Grenzen zwischen Wahrheit und Dichtung anzuerkennen. – Ich entschuldige mich, Luna. Ich sollte in meinen Zeilen bleiben."

Luna nahm die Entschuldigung bereitwillig an und dachte an das Pendler-Gespräch im Zug neulich, bei dem es auch um Traum und Wirklichkeit gegangen war. Doch jetzt wollte sie die Gelegenheit nutzen, endlich über Literatur zu sprechen und sich selbst aus dem Rampenlicht zu nehmen. Deshalb fragte sie Tell:

„Was ist das für ein neues Stück? Erzähl mal was, ich bin super gespannt!"

Tell zögerte.

„Es ist schon ein bisschen was Besonderes, weil ihr nämlich alle darin vorkommt. Es spielt hier im Ratskeller, in unserem literarischen Hinterzimmer."

„Wahnsinn, Tell!", freute sich Luna. „Ich bin sicher, dass du mich gut dabei wegkommen lässt und wahrscheinlich hoffnungslos übertreibst!"

Tell lachte: „Na, du wirst es ja erleben!"

Wolf hakte ein: „Da hast du was gesagt, Tell! Sie wird es *erleben*, das ist genau das, wovon wir eben gesprochen haben! Wir lesen es nicht, sondern wir werden es *erleben*!"

Tell winkte ab: „Noch ist es nicht ganz fertig, mit dem Erleben müsst ihr noch warten. Aber die heutige Unterhaltung hat mich zu meinem letzten Akt inspiriert. Vielleicht können wir es nächste Woche lesen? Jeder spielt seine eigene Rolle, das hatten wir noch nicht!"

„Jawohl!", klatschte Luna. „Das machen wir! Wir lesen uns so, wie du uns erschaffst!" Sie blickte schelmisch zu Natter hinüber: „Das wird ein Ausflug in die fünfte Dimension! Sozusagen der Beleg für unsere waghalsigen Thesen!"

Natter grinste zynisch: „Na wunderbar! Und danach? Wieder ins schnöde Erdenleben tauchen. Zurück ins Körbchen. In den tristen Alltag. Vielleicht wäre es mal an der Zeit, in den bekannten vier Dimensionen aufzuräumen und dort zu leben, anstatt in eine fünfte Dimension zu flüchten? Ist es etwas anderes als Flucht, unser Schreiben? Fliehen wir nicht vor unserer Realität?"

Roman, der während der Diskussion immer zurückhaltender geworden war, stieß unvermittelt und aufgewühlt hervor:

„Haben wir denn überhaupt eine Wahl? Wir *müssen* doch schreiben, wir tun es, egal, wer es liest, wie Süchtige. Wir stehlen uns die Zeit dafür, wenn wir sie nicht haben, und schreiben und schreiben. Wisst ihr, wie viele Hunderte von Seiten in meinen Schubladen vergilben?"

Luna warf Natter einen strafenden Blick zu und legte ihre Hand auf Romans Arm. „Du schreibst wunderbar, Roman. Gib nicht auf, du wirst irgendwann einen Verleger finden."

„Und wenn nicht, ist es auch nicht schlimm." Roman schaute Luna mit seinen großen, dunklen Kinderaugen an. Luna lächelte zurück, auch auf die Gefahr hin, wieder einen eifersüchtigen Kommentar der anderen zu provozieren.

„Komm, lies uns was vor, Roman!" – Luna wendete sich aufgekratzt an die Runde: „Habt ihr Lust, für eine Zeit in Romans fünfte Dimension einzutauchen?"

„Natürlich!", erwiderte Tell, und auch die anderen ermunterten Roman, vor allem, um Luna nicht vollends zu vergrämen.

Doch Natter wollte erst eine Zigarette vor der Tür rauchen, und Tell begleitete ihn. Roman suchte die Toilette auf. Luna und Goethe blieben allein am Tisch zurück.

Natter und Tell waren draußen ein Stückchen gelaufen, um den Gasthof herum, und konnten plötzlich von der Seite durch ein kleines Fenster ins Hinterzimmer blicken. Was sie sahen, schien alle ihre Ahnungen zu bestätigen.

„Von wegen fünfte Dimension", zischte Natter. Und auch Tell interpretierte die offensichtliche Vertrautheit der beiden am Tisch Zurückgebliebenen eindeutig.

Sobald sie unbeobachtet waren, strich Wolf Luna durch die Haare. Sie grinste ihn an, legte ihre Hand auf die seine und fragte leise: „Wird es zu spät heute für uns beide?"

„Nein", antwortete er, „das lassen wir uns nicht nehmen!"

Beide dachten an das wöchentliche Nachttreffen, das sie sich angewöhnt hatten. Sie hielten es vor den anderen geheim, dass sie regelmäßig nach dem Stammtisch noch zu Luna gingen. Sicher schürte das Wissen um ihre Zusammenkünfte eine rege Fantasie und damit neue Eifersüchteleien und Streit. Es war ja so schon schwierig genug.

Luna hatte schon bei den ersten Annäherungsversuchen sehr deutlich gemacht, dass sie verheiratet war und nicht die Absicht hatte, ihren Mann zu hintergehen. Vieles war erlaubt, auch ein Austausch von erotischen Gedanken und Zärtlichkeiten, diese Freiheit erlaubten sie sich. Aber sie wollte frei bleiben, ungebunden. Dieses Einverständnis bestand in ihrer

Ehe, jeder gönnte dem anderen eine Welt, die sie gegenseitig nicht teilten. Aber es gab ein Tabu. Das war für die Gefährten im Hinterzimmer in manchen Situationen nicht leicht zu verstehen, so viel wusste sie von der hormonellen Verwirrung des männlichen Geschlechts – umso unnahbarer sie jedoch war, desto reicher rankten sich die Fantasien und bewirkten eine starke emotionale Inspiration. Sie war zu einer Muse geworden, ohne viel dafür zu tun. Allein ihre Gabe zuzuhören und ihre tabulose Neugier gegenüber den Eigenarten der vier Freunde reichten aus, die Männer zu den verrücktesten Eingebungen zu verhelfen. Aber das Gleichgewicht dieser Art von Befruchtung war reichlich labil. Spätestens heute war ihr bewusst geworden, dass sie mit dem Feuer spielte.

Nur in den Treffen mit Wolf lag etwas Verbotenes. Luna war die Einzige, die über Wolfs skurrile Geschichte mehr wusste als alle anderen. Wenn sie sich trafen, las er ihr seine neuesten Passagen und Entwürfe vor. Sie diskutierten darüber, sie hatte Einwände oder sie verhalf Wolf zu neuen Sichtweisen und Ideen. Ohne Luna würde Wolfs Buch nie entstehen, das wussten sie und er. Wolf brannte darauf, sie in alles einzuweihen, und Luna fühlte sich wohl dabei, dem Dichter Inspiration zu sein. Und auch die Heimlichkeit dieses Wissens genoss sie sehr, obwohl es ihr Auge in Auge mit ihren Gefährten immer unangenehmer wurde, sie zu beschwindeln. – Und was sie sonst noch taten, wenn sie sich trafen, musste erst recht niemand wissen. Auch ihr Mann nicht. Und seltsamerweise hatte Luna kein schlechtes Gewissen dabei.

Die anderen kamen jetzt zurück zum Tisch, Luna und Wolf waren gerade rechtzeitig wieder auf Abstand gegangen. Roman begann aus seinem neuen Kapitel vorzulesen. Es war eine spannende Episode, eine Verfolgungsjagd zu Fuß durch die Metroschächte von Paris. Als Roman unter Applaus endete, war es für alle Zeit aufzubrechen.

Luna werkelte in der Küche, um Wein, Käse und etwas zu Naschen zu holen. Wolf schleppte routiniert die Matratze des Gästebettes ins Wohnzimmer. Sie passte genau in den schmalen Gang zwischen Bücherregal und Sofalehne. Er suchte alle Kissen zusammen und legte sie auf das Lager. Mit zwei Decken baute er einen Baldachin, beschwerte die Enden mit Büchern oder stopfte sie in die Sofaritzen. Als Luna hereinkam, war gerade alles fertig. Sie reichte ihm das Tablett in den Unterschlupf, holte die Taschenlampe aus dem Flur und kroch dann zu Wolf in das Versteck.

„Na los, Goethe, was hast du Neues?" Luna war ziemlich neugierig heute, denn Wolf hatte sie schon im Zug immer wieder mit Andeutungen geneckt, ohne etwas zu verraten.

Wolf war sichtlich angespannt, sagte nichts, und begann im Lichtkegel der Lampe, die Luna ihm hielt, zu lesen.

Luna lag eng neben ihm auf dem Bauch und hörte still zu. Das Kapitel, das er las, handelte von ihnen beiden. Und es waren Dinge, die er besser nicht geschrieben hätte. Doch Luna unterbrach ihn nicht, bis Wolf seine Kladde langsam schloss und verschämt aufblickte.

Luna blickte ihn ernst an und schwieg. Schließlich sagte sie: „Es ist sehr eindringlich und schön, was du da schreibst. Aber all das sollte in deinem Kopf oder zumindest in unserer Bude bleiben. Du hast sie doch nur für uns beide gebaut. Es gehört nicht aufs Papier."

Wolf errötete.

„Hast du dir so was zwischen uns nie vorgestellt?"

„Vielleicht, Wolf, vielleicht hab ich das sogar. Aber es gibt Fantasien und Träumereien, die sind in Gedanken wunderschön und erregend. Aber sobald sie in die Welt hinaus gelassen werden, wirken sie schal und hart. Mir fällt ein Bild dazu ein: Ein Stück Pizza, das du bei Frost im Winter an einem Stand kaufst, duftet wunderbar verlockend. Aber hast du es auf der Hand in der Serviette, kühlt es aus, bevor du den ersten Bissen genommen hast. Der Geruch ist verflogen, der Geschmack fahl, und der Teig ist wie Gummi."

Wolf war gekränkt.

„Jeder Vergleich hinkt. Du bist wohl die Erste, die ein Liebesabenteuer mit einem Stück Pizza vergleicht."

Luna lachte.

„Komm schon, es war dir beim Vorlesen auch unangenehm, genau wie mir beim Zuhören."

Luna hatte Recht. Der Vergleich mit der Pizza war gar nicht so daneben gewesen. Er spürte ihr Knie an seinem Schenkel.

Luna wollte konstruktiv sein.

„Lass dem Leser doch seine eigene Fantasie! Mach es subtiler, geschickter! Jeder hat andere Vorlieben, lass sie doch zu! Vielleicht reichen ein paar Andeutungen, um Prickeln und Lust zu wecken."

„Zum Beispiel?"

„Na, ich meine … ich weiß nicht, ich bin keine Schriftstellerin … – also, ich hab zum Beispiel mal was von Fontane gelesen. Viel später erinnerte ich mich an eine Liebesszene in dem Buch und wollte sie noch einmal nachlesen. Aber ich fand sie nicht wieder! Konnte ich auch nicht, es gab sie nämlich gar nicht!"

Wolf machte große Augen. Luna fuhr fort: „Das, was ich mir beim Lesen einer verliebten, zweisamen Passage so bildlich vorgestellt hatte, war nur vom Autor suggeriert, es stand dort kein Wort von dem, was zwischen den beiden Liebenden tatsächlich passiert ist. So wird die Geschichte im Kopf des Lesers zu seiner ganz persönlichen, eigenen."

Luna kam der warme Geruch ihrer Körper in die Nase. Und plötzlich konnte sie sich sonst was mit Wolf vorstellen.

Wie Kinder lagen sie eng zusammen in ihrer Bude. Man hörte sie noch ein Weilchen kichern und kramen. Dann flüstern. Der Schein der Taschenlampe ging aus. Dann wurde es still in ihrer Deckung.

12. Schnaps für Frau Schrunz

Es klingelte an der Wohnungstür. Thessi hatte schon nervös darauf gewartet, sprang jetzt auf und eilte in den Flur, um zu öffnen.

„Hi Ruby, schnell komm rein! Es braucht dich keiner zu sehen!"

Ruby kam rasch in den Flur und Thessi drückte die Tür ins Schloss.

„Na, du Nase?", grüßte Ruby fröhlich und gab Thessi einen Kuss auf die Wange.

„Immer locker bleiben!", sagte sie, weil sie Thessis angespannten Blick bemerkt hatte. „Wird schon! Wo fangen wir an? Wir haben die ganze Nacht Zeit, mein Sohn übernachtet heut bei Freunden. Und ich hab morgen Spätschicht, kann also pennen bis in die Puppen!"

So war sie, direkt, schnell, unkompliziert. Und mutig. Auch Thessi hatte morgen frei, sie konnten sich unbeschwert austoben. Was sie da vorhatten, war kein Pappenstiel und zudem nicht ganz legal, aber der Zweck heiligte in diesem Fall die Mittel, und zwar im wahrsten Sinne des Wortes! Mit Ruby an ihrer Seite hatte Thessi das Gefühl, alles könnte gelingen.

Sie musste an das Gesicht des Betreibers des Altenheimes denken, in dem Ruby noch vor Kurzem gearbeitet hatte. Er hatte völlig fassungslos auf die Szene im Heim gestarrt. Da war der Kameramann, der die unglaublichen Missstände filmte. Der Journalist, der direkt auf den Betreiber zukam, um ihn zu interviewen, als er im Türrahmen stand. Scharen von Menschen, die kopfschüttelnd durch die Räume gingen. Er hatte sprachlos gezittert und war dann mehr geflohen als davongeeilt, die Tür schlug mit lautem Krach ins Schloss.

Ruby und Thessi hatten, nachdem sie mehrmals die grausamen Missstände in dem Heim schriftlich bei ihm angezeigt hatten und keine Reaktion erfolgt war, ein „Haus der offenen Tür" organisiert.

Sie hatten Flyer verteilt, die Presse informiert, wichtige Gäste geladen und ihnen allen einen kleinen Sektempfang bereitet, und Ruby hatte die Gäste nicht daran gehindert, sich in den Räumlichkeiten umzusehen. Thessi war anonym im Hintergrund geblieben und hatte sich in der Presse geheimnisvoll als die „Rote Zora" ausgegeben, die das alles angestiftet hatte.

Sie gefiel sich gut in der Rolle der unbekannten Rächerin. Ihre erste Aktion damals im Schuhladen war ein durchschlagender Erfolg gewesen. Sie hatte den kleinen Erpresserbrief in die Manteltasche ihres Chefs geschmuggelt und gespannt abgewartet, was passieren würde. Am nächsten Tag wusste sie dann, es hatte geklappt. Der Macho-King war mit einem freundlichen Lächeln in den Laden gekommen und geradezu schleimig zuvorkommend gewesen. Er hatte ihrer Kollegin Sarah sogar ein Lob ausgesprochen, das war, solange sie zurückdenken konnte, noch nie da gewesen. Thessi hatte keine Ahnung, was für einen Dreck der Chef am Stecken haben mochte, aber sie hatte auf jeden Fall ins Schwarze getroffen, so viel war klar. Auch Sarah ahnte, dass da etwas nicht stimmte. Sie verdächtigte Thessi argwöhnisch, ihre Finger im Spiel zu haben, aber Thessi verlor kein Sterbenswörtchen über ihre kleine Intrige. Sie erinnerte sich gut an das unbeschreiblich schöne Gefühl im Bauch, mit dem sie nach Hause gehüpft war. Damals hatte sie den Entschluss gefasst, die „Rote Zora" weiter leben zu lassen. Und bis heute hatte sie es nicht bereut.

Da sie sich nie zu erkennen geben durfte, sprühte sie überall dort, wo sie verantwortlich war, ein rotes „Z" auf eine Wand oder sonst eine gut sichtbare glatte Fläche. Zudem zog sie sich zur Vorsicht eine schwarze Augenmaske über, wenn sie unterwegs war. Ein Foto war einmal veröffentlicht worden, als sie nicht aufgepasst hatte. Das war bei einer Nerz-Befreiungsaktion gewesen. Auf der Nerzfarm wurden die Tiere in winzigen Käfigen gehalten, eine furchtbare Quälerei, nur um Pelze daraus zu machen, für irgendwelche reichen Tussis, die nicht wussten, wohin mit ihrem Zaster. Mitten, in den nach allen Seiten fliehenden Tieren, hatte Thessi fasziniert zu lange verweilt, bis sie den Blitz einer Kamera bemerkte. Die Paparazzi hatten sie noch eine Weile durch die ganze Stadt verfolgt, bevor sie schließlich unerkannt entkommen konnte.

Wie Zorro im Film, dachte sie voller Stolz. Ja, sie kam sich heroisch vor. Und ganz so falsch lag sie damit ja auch nicht. Erstens war es meist recht gefährlich, was sie anzettelte, zweitens bewirkte sie großes Aufsehen, was ja auch ihre Absicht war, und drittens handelte sie immer im Namen der Gerechtigkeit. Längst war ihr Signum in der ganzen Stadt bekannt, und sicher fürchtete sich mancher vor ihren Aktionen. Doch die meisten bewunderten ihren Mut.

Die Blockade im Schnellrestaurant, die sie am Autoschalter errichtet hatte, war den Meisten noch besser im Gedächtnis. Sie hatte sich ein Schrottauto für ein paar Euro gekauft, der TÜV war längst abgelaufen. Alles war perfekt durchgeplant. Sie hatte alte, längst entwertete Nummernschilder angebracht und einige dieser schwarzen Sonnenschutzschilde besorgt, die sie mit Saugnäpfen schnell in die Fenster kleben konnte. Mit dem Wagen war sie an den Schalter gefahren, hatte acht Hamburger und wahllos noch allerhand anderes Zeugs bestellt und dann bei der Aufforderung, zum nächsten Schalter vorzufahren, diagonal in der Einfahrt eingeparkt, die Durchfahrt war damit blockiert. Sie hatte das Lenkradschloss eingerastet und den Zündschlüssel im Schloss abgebrochen, die Tür mit dem Zweitschlüssel abgeschlossen und sich schnellstens davon gemacht. Die Leute in der Autoschlange hinter ihr hatten zwar etwas dümmlich geguckt, aber viel zu spät reagiert, da war sie schon über alle Berge, mit dem vorher in der Nähe abgestellten Fahrrad. Ha! Es hatte über eine Stunde gedauert, bis das Fahrzeug beiseite geräumt war. Der Stau reichte bis in den nahen Kreisverkehr der

Hauptstraße, Thessi hatte sich das Spektakel aus sicherer Entfernung angeschaut. Ihr Wagen, auf dem die Kühlerhaube mit ihrem roten „Z" geziert war, stand am nächsten Morgen in allen Zeitungen auf der Titelseite, denn sie hatte nicht versäumt, der Presse einen Wink zu geben. In die Fenster hatte sie vor der Flucht schnell die mit Anti-Fastfood-Slogans präparierten Sonnenschutzplatten geheftet. So fand ihre Botschaft in der Presse Verbreitung und gab zu viel Diskussion Anlass. Natürlich wusste Thessi, dass sie die Abholzung des Regenwaldes für die Weidegründe der Millionen Rinder nicht würde aufhalten können, und auch die Verpackungswut in den Fastfoodketten würde wohl nicht ihretwegen aufhören. Aber wer weiß, vielleicht hatte sie ja doch ein wenig Einfluss nehmen können. Es war ihr die Sache jedenfalls wert.

Das mit dem Altenheim hatte sie Ruby zuliebe getan und letztlich eine Welle losgetreten, die weit über das Ziel einer persönlichen Hilfsmaßnahme für ihre Freundin hinausging. Ruby hatte schon vorher die Kündigung eingereicht und sich wieder eine neue Arbeitsstelle gesucht. Sie war jetzt bei einem mobilen Pflegedienst beschäftigt, in dem sie zwar ganz schön keulen musste, aber sich endlich einmal zufrieden fühlte. Der Posten der Heimleiterin im bischöflichen Altenheim, den sie aufgrund ihrer Scheidung hatte aufgeben müssen, war zwar weit besser bezahlt gewesen, aber glücklich war sie dort sicher nicht gewesen. Und der Job in diesem privaten Heim, den sie danach angenommen hatte, hatte sie völlig fertig gemacht.

Der Erfolg ihrer Aktion war durchschlagend. Das Altenheim wurde sofort geschlossen und die alten Leutchen auf umliegende Häuser verteilt. Der Betreiber hatte eine Klage am Hals und hatte Ruby wütend mit einem Nachspiel gedroht, doch die schob alles auf die nicht auffindbare „Rote Zora", zeigte auf den gesprühten Schriftzug in der Eingangshalle und zuckte mit den Schultern. Außerdem hatte Ruby ja nichts Verbotenes getan, im Gegenteil, sie war hier ebenfalls zur Heldin avanciert, und „Zora" natürlich erst recht. Die ganze Stadt rätselte und suchte sie.

Ruby schien Thessis Gedanken zu erraten, denn sie sagte plötzlich: „Die alte Frau Schrunz ist jetzt im Laurenz-Stift. Es geht ihr viel besser, obwohl sie immer noch keinen Besuch bekommt. Ich gehe einmal in der Woche hin. Sie erkennt mich zwar nicht, aber wenn ich ihr heimlich ein Schnäpschen eingieße, kichert sie wie früher."

Thessi erinnerte sich an die uralte Frau, die in dem privaten „Haus Sandra" dahinvegetiert hatte. Sie war nachmittags oft schlurfend in die Küche gewackelt und hatte immer vom Krieg und von ihrem Mann gefaselt, der nicht heimgekehrt war. Wenn sie schließlich zu weinen begann, holte Ruby eine Flasche Doppelkorn aus einem Versteck, goss der Alten ein Pinnchen ein und hielt es ihr an die Lippen. Frau Schrunz fing dann an zu kichern und schluckte zitternd das scharfe, streng verbotene Tröpfchen.

Thessi schüttelte sich.

„Die Bilder dort im Heim gehen mir nicht mehr aus dem Kopf. Wie konntest du bloß so lange dort arbeiten?"

„Um den Alten zu helfen", antwortete Ruby. „Ich konnte sie einfach nicht ihrem Schicksal überlassen. Oft war ich als einzige Nachtwache dort, für über vierzig alte Leute. Mir kamen die Tränen, wenn wieder jemand aus dem Bett gefallen war und ich ihn fesseln musste, oder wenn sich andere in den Zimmern verirrten und währenddessen von Bettlägerigen die Windeln überquollen und alles zugeschissen war. Der dicken Lydia fiel immer ihr Glasauge raus und manchmal fand ich einfach keine Zeit, es ihr wieder hinter das Lid zu schieben. Dann fing sie irgendwann an zu keifen und mich wüst zu beschimpfen, dass es durch das ganze Haus schallte. Aber ich konnte die Alten dort einfach nicht allein lassen. Weißt du, wie viele ich dort habe sterben sehen? Auf die Idee, so eine Aktion zu veranstalten, wäre ich im Leben nicht gekommen."

„Zusammen sind wir unbezwingbar!", lachte Thessi und stupste Ruby an der Schulter. Wie schön, dass sie wieder da war. Eigentlich hatte die Altenheimaktion sie beide wieder zu Freundinnen gemacht. Nach einer Spätschicht hatte Ruby nachts plötzlich weinend vor der Tür gestanden, völlig fertig. Alle Gefühlsverwirrungen zwischen ihnen waren plötzlich egal gewesen, Thessi hatte sie einfach in den Arm genommen, Ruby hatte sich ausgeschluchzt und erzählt und erzählt. In dieser Nacht war Thessi auf die Idee gekommen, den ganzen Laden hochgehen zu lassen. Das war das Beste an der ganzen Aktion, dass sie sie mit Ruby zusammen gemacht hatte, das erste Mal. Bis dahin hatte Thessi alles ganz allein durchgezogen. Sie hatte nicht gewusst, wem sie sich hätte anvertrauen können außer Ruby.

Beide verloren keine Silbe mehr über die intime Nacht auf dem Sofa. Stillschweigend waren sie sich einig, dass dieser Abend nicht zwischen ihnen stehen sollte. Alles war wieder wie früher. Fast jedenfalls. Thessi bemerkte natürlich, wie Ruby sich bemühte, ihr gegenüber unverfänglich und natürlich zu wirken. Aber es war einfach zu süß, wie sie Thessi manchmal, wenn sie sich unbeobachtet glaubte, ziemlich verliebt anhimmelte. Ganz so sicher wie noch vor einigen Wochen war sich Thessi ihrer Gefühle heute nicht mehr. Zumindest war sie sich sicher, dass Ruby ihr um Vieles mehr wert war als ihr Geliebter, den sie nun in kurzer Zeit schon das dritte Mal versetzt hatte. Weil sie ihn nun mal im Moment nicht sehen wollte. Punkt.

„Hallo, Erde an Thessi!" Ruby fuchtelte mit dem Arm vor Thessis Augen herum. „Willkommen auf dieser Welt! Wo warst du gerade?"

„War in meiner Zeitmaschine unterwegs", lachte Thessi, „aber ich bin wieder gelandet. Also los, wie machen wir es?"

„Erst mal den Aufruf in der Community. Wir müssen richtig viele Leute zusammenkriegen. Also schmeiß deinen PC an. Wir brauchen ihn auch für die Flugzettel."

Bis morgens um vier Uhr tüftelten und planten die Frauen, dann stand das Konzept. Der Coup würde am Sonntag, genau in drei Tagen starten. Sie tranken ihren Rotwein aus und bemerkten, wie sie eine bleierne Müdigkeit überfiel, indem sie zur Ruhe kamen. Die Gedanken an nächste Woche schwirrten in ihren Köpfen, sie saßen still nebeneinander und träumten in die Luft. Plötzlich bemerkte Thessi, dass Ruby eingeschlafen war. Ihr Kopf war zur Seite gesackt und lehnte an Thessis Schulter. Sie bewegte sich keinen Millimeter, um Ruby bloß nicht zu wecken. Nach einer Weile wurde es ihr ungemütlich in dieser Haltung. Sie zog vorsichtig ihre Schulter zurück und bettete Ruby sanft auf das Sofa. Auch sie selbst konnte kaum noch stehen vor Müdigkeit. Sie schaute Ruby ein Weilchen zu, die tief und ruhig atmete. Dann holte sie kurz entschlossen eine Decke aus dem Schlafzimmer und zwängte sich mit dem Rücken an sie, ganz dicht. Ohne sich umzuziehen lagen die beiden eng aneinandergeschmiegt unter der Decke und schliefen tief und fest bis in den hellen Morgen.

13. Vogelfrei

Dr. Grunwald wartete, bis zwei Fußgänger vorüber waren, dann setzte er mit seinem Kombi routiniert zurück in die dunkle Toreinfahrt. Selbst in der Dämmerung war das kein Problem mehr für ihn, zumal eine Laterne an der Ecke den Gehweg beleuchtete. Nach dem Erscheinen des Zeitungsartikels über den Hexer hatte er es nicht mehr gewagt, mit Freitag durch die Stadt zu spazieren. So war ihm die Idee gekommen, ihn mit dem Wagen heimlich heraus zu schmuggeln, damit er abseits vom bewohnten Viertel seine Krähe unbeobachtet auf die Schulter nehmen konnte, um mit ihr seine nächtlichen Ausflüge zu unternehmen.

Natürlich wusste Konopka über alles Bescheid. Auch er hatte Zeitung gelesen und war gleich beim nächsten Besuch zu ihm an den Käfig gekommen.

„Junge Junge", hatte er mit hochgezogenen Augenbrauen geraunt, „wennze da mal wieder rauskomms! Ihr seid ja schon inne ganzen Stadt bekannt, Mann!"

Grunwald hatte ihn streng angesehen.

„Glauben Sie den ganzen Mist etwa, den die da verzapft haben?"

„Na komm, dat du der Mann mit den Rabe bis, kannze nicht abstreiten. Aber dat du kleine Jungs umme Ecke brings, kann ich mich bein besten Willen nich vorstellen!"

Grunwald erwiderte ernst: „Es ist alles völliger Quatsch, da haben Sie recht."

Konopka blickte sich plötzlich nach allen Seiten im Hof um.

„Komm lass uns ma inne Bude gehen, hier ham die Wände Ohren."

So gingen sie zusammen in den Laden, und Grunwald erzählte Konopka von seinen Erlebnissen.

„Ich möchte ihm die Freiheit zurückgeben, das ist alles. Ich will ihn an die Natur gewöhnen. Ich hoffe, er wird sich irgendwann der Krähenkolonie anschließen. Wir fahren jetzt immer raus hinter die aufgegebene Zinkhütte. Da ist kein Mensch, nur Brache und Büsche und Bäume. Es gibt da eine große Kolonie, bestimmt zweihundert Tiere, wenn nicht mehr. Freitag hat sie schon neugierig beäugt. Und letzte Woche hat er auf ihr Krächzen geantwortet!"

„Mensch Doktor, meinze dat kann klappen? Ich glaub dat ja nich. Die hat sich doch so anne Menschen gewöhnt, wie soll die denn durchkommen inne Wildnis?"

„Ich mach es ganz behutsam. Solange sie zu mir zurückkommt, bring ich sie wieder hierher. – Und kein Sterbenswörtchen zu den Kunden!"

„Da kennze aber uns Kumpel nich, Doktor! Glaubse ich binde dat jemand auffe Nase? Nix, dat kommt nich in Frage!"

Grunwald verabschiedete sich. Er ging hinaus zur Voliere, wo Freitag ihn erregt begrüßte, krächzte und mit den Flügeln schlug. Als Grunwald die Käfigtür öffnete, hopste sie behände auf Grunwalds Schulter. Er lief mit ihr die wenigen Schritte bis zur Heckklappe seines Wagens. Kaum hatte er sie geöffnet, sprang der Vogel in die Hundebox, die Grunwald sich angeschafft hatte. Seine Frau hatte zwar verständnislos geschaut, doch er hatte ihr erklärt, dass auf diese Art der ganze Pröttel gut verstaut werden konnte und nicht hinten im Wagen herumflog. Außerdem, hatte er hinzugefügt, wer weiß, vielleicht schaffte er sich doch noch mal einen Hund an, nicht jetzt sofort, aber später, und dann wäre die Anschaffung jedenfalls nicht umsonst gewesen. Seine Frau hatte gestutzt, ihn schräg von der Seite angeschaut und dann zu Grunwalds großem Erstaunen geantwortet: „Dann aber nicht so einen großen, damit er mich nicht hinter sich herschleift."

Jetzt war die Box noch besetzt. Doch Grunwald durchzog ein unbestimmtes Gefühl, dass das nicht mehr lange so sein würde. Freitags Ausflüge, die er von seiner Schulter aus unternahm, wurden immer ausgiebiger. Manchmal musste Grunwald sich über eine halbe Stunde gedulden, bis er Freitag im Anflug wiedersah.

Voller Sorge sah er dem Tag entgegen, an dem Freitag nicht mehr zurückkehren würde, aber auch mit Freude und Stolz. Er wollte Freitag so gern die Freiheit schenken. Sie sollte Krähe sein, mit dem großen Schwarm nach Beute suchen, Mäusebussarde aus dem Revier vertreiben, Junge ausbrüten und großziehen. Das Leben im Käfig konnte Freitag nicht glücklich machen, da war Grunwald sich sicher. Die vielen Ausflüge milderten die Gefangenschaft sicher, aber die meiste Zeit hockte das Tier doch allein auf seiner Stange.

Inzwischen waren sie in den äußeren Stadtbezirk gekommen. Ein altes Zechengelände lag dort, daneben die verlassene Zinkhütte mit ihren verfallenen Hallen und verwilderten Freiflächen. Das Gelände war im hinteren Teil durch eine mächtige Pappelreihe begrenzt. Dahinter begann das freie Feld.

Diese Pappeln waren Grunwalds Ziel. Dort lebte die Krähenkolonie, von der er Konopka erzählt hatte. Er parkte vorn am Zauntor des Fabrikgeländes, das verrostet halb offen stand. Er vermummte sich zum Schutz vor Freitags ungestümen Zudringlichkeiten und befreite sie dann aus ihrem Verschlag. Die Krähe flog sofort auf seine Schulter und stieß freudige, gurrende Laute aus.

Doch irgendetwas beunruhigte Grunwald. Auch Freitag war nervöser als sonst. Grunwald blickte sich nach allen Seiten um. Ein Gefühl sagte ihm, dass er heute nicht allein hier war. Doch er konnte keine Auffälligkeiten in der Umgegend feststellen. Vielleicht lag es am Himmel, der die weite Fläche bis zu den Pappeln in sein letztes, abendliches Zwielicht tauchte. Die Stadt hinter ihm lag schon in völliger Dunkelheit, doch durch die Bäume, hinter denen die Sonne versunken war, schwebte eine türkise Fluoreszenz, die von schwarzen, langgestreckten Wolkenfetzen bedrohlich durchwebt wurde. Gerade noch genug Helligkeit, um sicheren Fußes durch das Gestrüpp aus Hochstauden und Brombeeren zu wandern, das das verlassene Gelände weitläufig überwucherte. Grunwald verschwand auf einem Trampelpfad hinter der verfallenen Wand der mächtigen Industriehalle.

Seine Ahnung war nicht unbegründet. Auf der anderen Seite, außerhalb seines Blickfeldes, bewegte sich etwas. Mehrere Gestalten nahmen, wie hastige Schatten, seine Verfolgung auf.

Grunwald blieb stehen. Freitag war ihm nicht geheuer, er wirkte verängstigt und angespannt und hackte immer wieder hektisch in Grunwalds Kapuze, während er flügelschlagend auf der Schulter Halt suchte. Grunwald versuchte die Krähe mit rohen Fleischbrocken zu beruhigen, die Freitag ihm gierig aus dem Handschuh riss und sie ungestüm verschlang.

In den rauschenden Pappeln vor ihm flogen hin und wieder schwarze Geschöpfe auf und ließen sich nieder. Je näher Grunwald kam, desto besser konnte er die Krähen erkennen, die sich zu Hunderten im Geäst verbargen. Ein kühler Wind zog auf, der Grunwald trotz seines warmen Anoraks frösteln ließ. Er musste sich beeilen, wenn er noch mit dem letzten Licht des Tages den Rückweg finden wollte.

Plötzlich hörte er ein Geräusch, das nicht dem Säuseln des Windes zuzuordnen war. Grunwald blieb stehen und drehte sich um. Er sah in einiger Entfernung die Silhouetten seiner Verfolger, die rasch näher kamen. Vier, fünf Personen mochten es sein. Sein Herz begann kräftig zu schlagen. Konnte er fliehen? Vielleicht konnte er rechtzeitig bis zu den Bäumen gelangen und dort ein Versteck finden. Entschlossen rannte Grunwald los, die Pappelreihe vor ihm fest im Blick. Freitag flog erschrocken auf und krächzte, während Grunwald ohne auf den Untergrund zu achten vorpreschte. Der Rabe flog ein Stück vor, wendete dann und versuchte sich wieder auf der Schulter niederzulassen, doch es holperte und rüttelte so sehr, dass er keinen Halt fand und noch eine Runde drehen musste.

Die Verfolger begannen ebenfalls zu laufen. Es war nun ganz sicher, dass er das Ziel der Verfolgung war. Grunwald rannte angsterfüllt, die Krähe umflatterte ihn wie ein schwarzer, schreiender Schatten. Noch ein paar Schritte, die Brombeerstacheln zerrten an Grunwalds Hose. Bald hatte er den ersten Stamm erreicht. Doch es war zu spät, um sich zu verstecken. Es war gerade noch Zeit, den Baum als Rückendeckung hinter sich zu bringen und Freitag wieder einen sicheren Ansitz auf seiner Schulter zu bieten. Mit schwerem Atem traten die Verfolger aus den Dornen. Sie blieben in gebührendem Abstand vor Grunwald stehen und bildeten einen Halbkreis. Auch Grunwald schnappte noch nach Luft von der Hetzjagd und wartete ab. Freitag saß ganz ruhig und stieß leise, knurrende Laute aus.

„Hexer!", presste einer der Verfolger endlich hervor und kam einen Schritt näher. Als Grunwald nicht reagierte, wurde er mutiger.

„Haben wir dich doch noch erwischt. Jetzt wirst du mal sehen, wie es ist, wenn man anderen Angst einjagt."

„Ich möchte niemandem Angst einjagen", antwortete Grunwald zögerlich, doch sein Versuch der Deeskalation war zum Scheitern verurteilt. Er spürte, wie Freitag nervös von einem Bein auf das andere trat, als sein Gegenüber hervorstieß:

„Los, Kapuze runter!"

„Schluss mit der Hexerei!", rief jetzt ein zweiter, und die Gruppe zog den Kreis immer enger, während sie sich lautstark Mut machten. Auf der linken Seite rief einer: „Du hast uns aus der Unterführung gejagt. Jetzt bist du der Gejagte, Hexer!"

Grunwald wusste nun, mit wem er es zu tun hatte. Er wollte es noch einmal mit Reden versuchen.

„Es tut mir Leid, wenn ich euch damals erschreckt habe, ehrlich. Ich war das erste Mal unterwegs …"

„… los, Kapuze runter!", schrie der Vordere. Grunwald verstummte und regte sich nicht. Über ihm hörte er das vielstimmige, glucksende Krächzen der Krähenkolonie, die durch den Lärm hellhörig geworden war.

Der Angreifer ertrug die Spannung nicht länger. Er streckte plötzlich seine Hand aus, um Grunwald die Vermummung herab zu reißen. Da griff Freitag an. Mit einem schrillen Schrei stürzte er nach vorn und flog das Gesicht direkt an. Er schlug wild mit den Flügeln, krallte sich in Haar und Kleidung und hackte auf den Fremden ein. Die anderen kamen ihm zur Hilfe, doch das kräftige Tier war nicht zu bändigen. Die Hände schützend vor ihren Gesichtern versuchten sie sich abzuwenden, doch die Krähe stellte ihnen nach und suchte immer wieder erfolgreich nach einer Lücke in der Deckung.

Der Kampf fand erst ein Ende, als die jungen Männer die Flucht ergriffen. Freitag flog ihnen noch ein Stückchen lärmend hinterher, bevor sie abdrehte und zu Grunwald zurückkehrte, der immer noch wie gelähmt am Baum lehnte. Doch Freitag ließ sich nicht auf seiner Schulter nieder. Kurz vor der Landung startete er plötzlich durch und stieg steil in den Himmel, dort wo die Krähenkolonie aufgeschreckt in krächzendem Flug um die Bäume kreiste.

Grunwald schossen tausend Gedanken durch den Kopf. Er musste schnell hier weg, die Gruppe würde von ihrem Handy aus die Polizei benachrichtigen, zumal sie einige Wunden davon getragen hatten. Aber er konnte doch nicht fortlaufen, ohne auf Freitag zu warten, der ihn gerettet hatte! Er trat unter der Krone der Bäume hervor und schaute suchend in den Himmel. Es war so dunkel inzwischen, dass er die Schattenrisse der umher fliegenden Krähen nur noch schwach ausmachen konnte. Irgendwo da oben war auch Freitag. Grunwald begann zu rufen und verzweifelt den Arm auszustrecken, doch er wusste, dass es vergebens war. Er musste fort, es blieb keine Zeit zu verlieren. Sein Körper zitterte, als er eilig durch die Dunkelheit davon stolperte. Zweimal stürzte er in dem unwegsamen Gelände, doch endlich erreichte er seinen Wagen.

Er fuhr nicht zurück zur Hauptstraße, sondern nahm die andere Richtung, wo ein schmaler Schotterweg in einem weiten Bogen zurück in die bebauten Stadtviertel führte. Da er kein Licht einschaltete, ging es langsam voran. Im Rückspiegel sah er gerade noch das Blaulicht eines, zur Zinkhütte fahrenden, Streifenwagens, bevor er hinter den ersten Häusern verschwand.

Grunwalds Hände zitterten am Lenkrad. Er musste morgen oder übermorgen wiederkommen, sobald das Gelände nicht mehr abgesucht wurde. Ein entgegenkommendes Auto blinkte ihn an, weil er noch immer ohne Licht fuhr. Er schaltete es ein und sah im Lichtkegel, dass es zu nieseln begonnen hatte. Die Scheibenwischer schmierten über die feuchte Scheibe. Grunwald fuhr planlos durch die Straßen.

„Goethe, du Schwein", presste er wütend hervor und schlug mit der Faust auf das Steuer. „Nicht so, bitte nicht so!" Doch je mehr er sich mit der Zeit beruhigte, desto klarere Gedanken konnte er fassen. Es war im Grunde alles logisch. Ohne einen so heftigen Auslöser wäre die Krähe wahrscheinlich niemals von ihm los gekommen. Und er nicht von ihr. Würde sie jetzt in der Kolonie ein freies Vogelleben führen können? Er hörte Konopka sprechen, der viel Erfahrung hatte und es ausschloss, dass solch ein handzahmer Menschenvogel jemals zurück in seine Natur finden würde. „Die hacken die zu Brei, da kannze sicher sein", hörte er die unheilvolle Stimme.

Grunwald hielt an einer verlassenen Bushaltestelle und zog sich dort unbemerkt um. Zum Zoogeschäft wollte er nicht zurück, es erschien ihm zu gefährlich. Womöglich hatten seine Gegner ihn schon von dort aus verfolgt, oder Konopka hatte doch ein bisschen zu viel geplaudert. Sofort schämte er sich für diesen Gedanken. Keiner hatte die ganze Zeit über so loyal und kameradschaftlich zu ihm gehalten wie Konopka. Nun, jedenfalls konnte er jetzt nicht dorthin zurück. Also entschloss er sich schweren Herzens, den Heimweg anzutreten, immer noch in besorgten Gedanken um seine schwarze, wilde Krähe. Er wollte morgen wieder zur Zinkhütte fahren, und übermorgen auch, wenn es sein musste. Aber Freitag noch einmal wiederzusehen, wagte er kaum zu hoffen.

Grunwalds Gedanken kehrten noch einmal zurück zu Wolf Göde. Es war nicht fair von ihm, sein Abenteuer so enden zu lassen. Und Grunwald hatte nicht vor, das einfach so hinzunehmen. Er würde ihn zur Rede stellen, genau, das würde er tun! Er verlangte einen Abschluss, ein richtiges Ende, mit dem er sich abfinden konnte. Ihn in Ungewissheit darüber zu lassen, was mit Freitag passierte, wollte er nicht akzeptieren.

Mit diesem Entschluss im Herzen bog er knirschend in die Kieseinfahrt seines Hauses am Stadtrand. In der Küche brannte noch Licht.

14. Schwindel

Am nächsten Morgen fehlte Dr. Grunwald im Zug. Die anderen Pendler nahmen an, dass er wohl krank geworden sei.

„Na, Unkraut vergeht nicht!", sagte Stefan sorglos und blätterte wie immer in seiner Zeitung. „Der taucht schon wieder auf. – Vielleicht hat er ja endlich im Lotto gewonnen!"

Thessi lachte. „Na dann auf nimmer Wiedersehen! Wenn ich im Lotto gewinnen würde, wäre ich aber so was von weg! Haiti oder Neuseeland. Stellt euch das mal vor! Von heute auf morgen adieu!"

Maggi stoppte sie: „Da ist die erste Voraussetzung, dass du einen Tippschein abgibst, Süße!"

Stefan fügte hinzu: „Und so mir nichts dir nichts verschwinden würden wir dir schon übel nehmen. Da müsste schon ne dicke Abschiedsparty drinsitzen!"

Banjo spülte unbeteiligt Gläser, als er mitten in die Spinnereien hinein sagte: „Also gestern war er noch kerngesund."

Die Unterhaltung stockte. Stefan wendete sich wieder seiner Zeitung zu. Aber er konnte sich nicht auf die Artikel konzentrieren. Auch die Lautsprecheransagen, die hin und wieder die nächsten Stationen ankündigten, hörte er nicht. In seinem Kopf drehten sich Bilder, die er hier niemandem erzählen wollte. Er dachte an Hannah und das, was sie neulich im Auto getan hatten. Niemand sah, dass er hinter der Zeitung schmunzelte, als er die Bilder in seinem Kopf wieder heraufbeschwor. Aber es war nicht nur das abenteuerliche Liebesleben, was Stefan so selig machte. Hannah und er hatten sich geöffnet, so empfand er es. Sie waren wie zwei geschlossene Muscheln auf dem Meeresgrund gewesen, deren harte Schalen jetzt plötzlich weit auseinander klafften, sodass sie sich gegenseitig ihr Inneres offenbarten und den Blick auf die schönen

Perlen darin freigaben. Was für ein verklärter Romantiker doch in ihm steckte.

Thessi schaute versonnen aus dem Fenster in die Landschaft, die ruhig an ihnen vorbeizog. Eine Stromleitung wippte im Takt zwischen den Masten eine Zeitlang neben dem Zug her. Thessi war in Gedanken beim nächsten Sonntag, an dem sie mit Ruby ihre große Aktion starten würde. Als sie am Morgen nach ihrer langen Nacht der Planung neben Ruby auf dem Sofa aufgewacht war, hatte sie direkt in die braunen Augen ihrer Freundin gesehen, die sie schon eine Weile still betrachtet hatte. Sie lächelten sich an und blieben noch eine Weile so liegen, Auge in Auge, und sahen sich gegenseitig in die Herzen. Plötzlich war Rubys Mund irgendwie magnetisch geworden. So hatte Thessi ganz zart auf Rubys warme Lippen geküsst. Nur ganz leicht, ihre Münder hatten sich nicht geöffnet, Ruby hatte ganz still gehalten und die Augen geschlossen. Rubys Hand hatte unter der Decke die ihre gesucht und sie ganz fest gehalten. Es hatte sich dadurch irgendwie ein Ring geschlossen, ein warmer Strom war in Fluss geraten und von den Händen zu den Mündern und wieder zurück durch ihre Körper geflutet. Nach einer kurzen, unendlichen Weile hatte Ruby die Augen wieder geöffnet, ‚Guten Morgen' geflüstert und sie angelächelt. Sie waren schließlich aufgestanden, um gemeinsam zu frühstücken. Mehr war nicht passiert. Aber es war mehr, als jemals zuvor zwischen ihnen passiert war.

Maggi hatte sich inzwischen auf den Klappsessel neben Wolf gesetzt, der sie gar nicht zu bemerken schien, so vertieft war er in seine Buchstaben, die er kritzelte. Maggi war außer ihm die Einzige, die wusste, wo der Doktor wirklich steckte. Wolf hatte ihr in ihrer Rolle als Luna vorgestern davon erzählt, was er mit Grunwald und seiner Krähe vorhatte. Aber sie war eine gute Geheimnishüterin. Sie dachte an ihren Mann. Ihr

Gewissen plagte sie. Sie war so weit entfernt von ihm. Sie vermisste seine Ruhe, seine Logik, seine Schulter. Wolf war ihr inzwischen manchmal nicht mehr so ganz geheuer, so faszinierend sie all das fand, was mit ihm zusammenhing. Sie spürte, dass er zeitweise so stark in seine eigene Fantasiewelt abglitt, dass er für sie nicht mehr zu erreichen war. Gerade in diesen Momenten gewann Wolf komischerweise eine ungeheure Macht über sie, die sie fremdbestimmt machte, die sie nicht mehr Herr ihrer eigenen Sinne sein ließ. Die Art und Weise, wie Wolf die Fantasie mit der Realität verwob, beunruhigte sie und machte sie unsicher, so als wenn die Welt um sie herum und auch sie selbst sich schwindelnd zu drehen begannen. Jetzt saß er da und schrieb, ganz nah bei ihr und doch meilenweit entfernt. Sie beobachtete, wie seine Finger den Stift führten und Zeile um Zeile das Büchlein vollschrieben. Sie schauderte und gestand sich das erste Mal ein, dass sie Angst hatte. Nicht Angst vor Wolf, das nicht, er war harmlos und zärtlich, er würde keiner Fliege etwas zuleide tun, sondern Angst vor den Wendungen seiner fantastischen Blüten, die er trieb.

Wolf schien ihren Gedankenstrom gespürt zu haben, denn er sah auf und blickte Luna ernst und tief in ihre Augen. Doch sie wusste, er sah sie nicht, er blickte durch sie hindurch in eine Welt voller Licht und Farben, von denen sie ein Teil geworden war. Doch plötzlich, wie aus einem Traum erwacht, sprach er freundlich zu ihr: „Na, langweilig heute?"

„Na ja, alle hängen so ihren Gedanken nach. Es gibt halt nichts Entspannteres als Zug fahren."

Wolf schaute hinüber zum Tresen, wo die anderen standen.

„Aber Banjo langweilt sich, guck mal. Er gähnt und lehnt an der Bar, als würde er gleich einnicken."

„Schlechter Umsatz", erwiderte Maggi, „er wird auf Provisionsbasis bezahlt."

Wolf drehte sich zu ihr um. Wie zufällig stieß dabei sein Ellenbogen sanft an ihre Brust. Ein wohliger Schauer lief über ihren Rücken. Er wendete sich wieder seinem Buch zu und begann zu schreiben. Maggi schloss die Augen. Sie genoss das gleichmäßige Surren und sanfte Schwanken des Zuges, dämmerte vor sich hin.

Ein junger Mann betrat den Caféwagen, kam zur Theke und sprach Banjo an: „Entschuldigen Sie, ich hätte gern drei Becher Kaffee und vier Cappuccino. Kann ich das mit ins Abteil nehmen? Haben Sie da vielleicht ein Tablett für mich?"

„Kein Problem!", antwortete Banjo, mit einem Mal hellwach. Schon begann er emsig, die Bestellung fertig zu machen.

Stefan schaute hinter seiner Zeitung hervor.

„Huppsala, Banjo, jetzt kaufen sie dir die Schränke leer! Kann ich was helfen?"

Banjo schüttelte energisch den Kopf, während er weiter arbeitete. Der Zug hielt, und einige von den neuen Fahrgästen suchten schnurstracks den Weg ins Café.

„Zwei Pils!", tönte es, und „ein Wasser bitte!"

„Haben Sie auch Brötchen?", fragte eine junge Frau.

„Alles frisch!", rief Banjo ihr emsig zu, während er schon die Hälften aufschnitt.

Stefan und Thessi trauten ihren Augen nicht. Bald herrschte ein buntes Treiben wie am Karneval in der Kölner Altstadt. Ein Herr sah tatsächlich wie verkleidet aus, er hatte eine Kappe auf dem Kopf mit zwei vorn montierten Klatscharmen, reichlich albern, doch er gehörte zu einer Reisegruppe, die jetzt nachkam und die alle in dieser Art verunstaltet waren. Sie hatten wohl schon früh angefangen, alkoholische Getränke zu sich zu nehmen, sie lachten und alberten. Schließlich begann einer von ihnen ein Lied anzustimmen, und die Übrigen grölten lauthals mit.

Stefan wippte mit dem Fuß im Takt mit, obwohl er die billigen Schlagerlieder, die sie intonierten, sonst grauslich fand. Auch Thessi machte vorsichtig mit und summte leise den Refrain.

Der Zugbegleiter zwängte sich durch die inzwischen dicht gedrängt stehenden Horden und verzichtete aufgrund der Enge auf die Fahrkartenkontrolle. Am Stehtisch erzählte eine ältere Frau lautstark obszöne Witze in einem rheinischen Dialekt; bei jeder Pointe wieherte die Gesellschaft kreischend, die sich um sie versammelt hatte.

„Leg doch mal Musik auf!", rief der Kontrolleur vergnügt Banjo zu, der alle Mühe hatte, die Leute zu bedienen, die sich um seinen Tresen zwängten. Doch er schaffte es, nebenbei eine Schlager-CD in die Musikanlage zu legen, sodass die feiernden Gäste einen gemeinsamen Ton finden konnten und sich bald schunkelnd und singend in den Armen lagen.

Aber es wurde immer noch schlimmer. Die Ersten begannen trotz der Enge auf dem Fleck zu tanzen und sich im Kreis zu drehen, sie hoben die Arme in die Luft, schrieen vor Begeisterung und versuchten sich im Sirtaki, als aus den Boxen ein Bouzouki-Schlager erdröhnte, der von griechischem Wein und Sonnenschein erzählte.

Dann kam einer auf die Idee, sich auf einen der wackeligen Klappsessel zu stellen und übertönte von dort die Menge, sie durch Schlachtrufe anpeitschend. Dadurch animiert, traute sich einer, auf den Bartresen zu klettern. Mit dem Fuß kickte er Servietten und Zuckerdöschen zu Boden, begann ausgelassen zu tanzen und zog eine junge Frau zu sich hinauf, die unentwegt lachte, bis Tränen über ihre Wangen kullerten.

Der junge Mann auf dem Tresen war so groß, dass er sich nicht ganz aufrichten konnte, ohne an die Abteildecke zu stoßen. Er tanzte gebückt wie ein Indianer, schlug mit der flachen Hand vor den Mund

und ließ ein jodelndes Kriegsgeheul hören. Es war nicht zu verhindern, dass er sich oben dennoch immer wieder bollernd den Kopf stieß. So nahm er die Arme hoch und drückte sie gegen die Decke. Verblüfft bemerkte er, dass sie sanft nachgab und sich ausbeulte, wo er die Hände hatte. Auch seitlich an den Fenstern bogen sich die Wände nach außen, wo sich die Menschen im Gedränge dagegen lehnten. Der Raum verlor nach und nach seine Form und geriet regelrecht aus den Fugen.

Der Tänzer auf dem Tresen hatte plötzlich die Bodenhaftung verloren und merkte, dass er zu schweben begann! Begeistert hob er sich ganz vom Untergrund ab und näherte sich ganz langsam den Garderobenhaken. Die Feiernden, die es bemerkten, klatschten enthusiastisch Beifall und versuchten es ihm gleichzutun. Sie hopsten in die Höhe und sahen verzückt, dass sich die Schwerkraft vollständig aufhob. Bald schwebten alle durch den Raum, johlten, stießen sich an Wänden und der Decke ab, um mehr Fahrt zu bekommen. In einem wüsten Durcheinander flogen auch alle Utensilien im Raum herum, Taschen, Becher, Handys, alles, was nicht niet- und nagelfest war, sauste durch die Luft, die inzwischen so verbraucht und stickig geworden war, dass die Ersten schwindelig wurden und aufgrund von Atemnot zu japsen begannen.

„Sanitäter!", schrie Stefan albern, als eine dicke Frau mit pfeifender Schnappatmung an der Decke neben ihm kleben blieb. Er versuchte Thessi zu fangen, die schwebend geschickt vor ihm floh, nicht ohne immer wieder mit anderen Gegenständen oder Personen zusammenzustoßen.

Der Zugbegleiter kam schließlich zur Vernunft.

„Luft, Leute, wir brauchen Luft!"

Damit pflückte er im Flug den roten Nothammer aus der Halterung zwischen den vorderen Fenstern und schlug wild auf die nächste Scheibe ein, die beim dritten Schlag krachend zerbarst. Ein anderer hatte zu gleicher Zeit versucht, sich an dem Hebel der Notbremse festzuhalten, der jedoch nachgegeben hatte, sodass der Zug abrupt bremste. Die Wucht schleuderte alle nach vorn, ein wildes Kreischen und Stöhnen zitterte durch den Raum.

Durch die starke Bremsung erwachte Maggi. Sie war die Einzige, die trotz des ganzen Durcheinanders auf ihrem Klappsessel einfach eingenickt war. Im Wachwerden sah sie gerade noch, wie ein starker Sog alle Personen und Gegenstände aus dem zerschlagenen Fenster zog, einer nach dem anderen schlüpften sie wie Schatten hinaus und stiegen wie Gasluftballons in den Himmel, bis der ganze Spuk sich in Nichts aufgelöst hatte.

Wolf, der bemerkt hatte, dass Maggi aufgewacht war, senkte seinen Stift und sah sie freundlich an.

„Na? Bisschen eingenickert? Das nenne ich Entspannung."

Maggi war noch ganz verwirrt und realisierte erst nach und nach, dass sie wohl schlecht geträumt haben musste, denn von all dem Chaos, das hier eben noch so real geherrscht hatte, war nicht ein Funken übrig geblieben. Stefan las immer noch Zeitung, Thessi schaute aus dem Fenster, Banjo langweilte sich hinter der Bar. Alles war beim Alten geblieben. Verwirrt schaute sie zu Wolf.

„Puh!", sagte sie, „Ich muss wohl geträumt haben. Ich bin noch ganz schwindelig. Sind wir schon da?"

„Nächste Station müssen wir raus", erwiderte Wolf freundlich.

Maggi stand auf, reckte sich und gähnte. Dann ging sie hinüber zur Garderobe, an der ihr Sommerjäckchen hing. Ihr fröstelte vom Schlaf und weil ein Klappfenster offen stand. Der Fahrtwind zog kühl in das Abteil.

Wolf sah ihr nach. Dann überflog er, was er gerade geschrieben hatte. Ungläubig schüttelte er den Kopf. Er konnte nicht fassen, was für ein alberner Blödsinn ihm da eingefallen war. Oder waren es gar nicht seine eigenen Ideen? War es Maggis Traum, den er zu Papier gebracht hatte? Oder hatte Maggi geträumt, was er geschrieben hatte? Oder träumte er selber?

Wolf schüttelte sich und schlug sein Heft zu. Es wurde höchste Zeit, zusammenzupacken. Er hörte schon Maggi von der Tür aus ungeduldig rufen. Der Zug war in den Bahnhof eingelaufen und gerade zum Stillstand gekommen.

15. Schiller in Aufruhr

Stefan rannte außer Atem die Treppen des Schulgebäudes hinauf, immer zwei Stufen auf einmal nehmend, um in seinen Unterricht zu kommen. Er war viel zu spät und hoffte, dass die Schüler sich nicht schon beim Direktor gemeldet hatten oder womöglich ganz verschwunden waren.

Hannah und er hatten heute beide später weggemusst, sodass die Kinder vor ihnen aus dem Haus waren. Hannah fuhr normalerweise mit dem Wagen zur Arbeit und er mit dem Fahrrad zum Bahnhof, also gingen sie gemeinsam zur Garage. Sie hatten sich fröhlich geküsst, sie war ins Auto eingestiegen. Er hatte lächelnd gewunken, beim Anblick des Wagens in Erinnerung an ihre gemeinsame Zuflucht im Wald. Als Hannah um die Kurve war und Stefan sein Rad aufschließen wollte, musste er entsetzt feststellen, dass er seinen Schlüssel in keiner seiner vielen Taschen finden konnte. Das betraf leider nicht nur den Fahrradschlüssel sondern den ganzen Bund, er konnte also auch nicht zurück ins Haus, um ihn zu holen. Fluchend hatte er sich zu Fuß auf den Weg zum Bahnhof gemacht und so natürlich seinen Zug verpasst.

So jedenfalls hatte Stefan sich die Geschichte für seine Schüler zurecht gelegt. Dass in Wirklichkeit auch Hannah zu spät zur Arbeit erscheinen würde und einer Entschuldigung bedurfte, wussten nur Hannah und er.

Doch für süße Erinnerungen an diese unverhoffte morgendliche Verzögerung war jetzt keine Zeit. Er hatte den Klassenraum seiner Neun erreicht und war froh, als er die Schüler drinnen lärmen hörte.

Doch so wie er die Klasse betrat, war es mit einem Mal mucksmäuschenstill. Das war er nicht gewohnt und er hätte hellhörig werden müssen, doch er freute sich nur, entschuldigte sich mit einer Zugverspätung und wollte zur Tagesordnung übergehen. Doch jetzt, nachdem er richtig angekommen war, bemerkte er, dass hier und da getuschelt und gegibbelt wurde. Und nicht nur in den dafür durchaus bekannten Grüppchen, selbst Britta und Amelie, die sonst verlässlich aufmerksam und konzentriert waren, flüsterten und schauten ihren Lehrer immer wieder verstohlen aus den Augenwinkeln an. Stefan war ein routinierter und erfahrener Pädagoge, und noch mehr als die Unkonzentriertheit der beiden Klassenbesten wunderte ihn im Gegensatz dazu die Ruhe, die hinten links herrschte, wo es normalerweise nie ohne Ermahnungen wenigstens einigermaßen leise zuging. Dort saßen die beiden Rabauken Jonas und Marco so einträchtig und lieb nebeneinander, als könnten sie kein Wässerchen trüben. Stefan fragte mehrmals nach, ob irgendwas los sei, aber er bekam keine zufrieden stellende Antwort aus seinen Schülern heraus.

Die Stunde verging, und Stefan hatte Pausenaufsicht. Als er auf seinem Rundgang an den Schultoiletten vorbeikam, fiel ihm ein Tumult vor dem Jungenklo auf, sodass er nach dem Rechten schauen wollte. Als die Schülergruppe, die sich dort versammelt hatte, Herrn Wunder bemerkte, wurde es schlagartig still. Alle schauten verlegen zu Boden, während Stefan streng fragte: „Was ist hier los?" Doch er bekam keine Antwort. Er hatte in seiner Laufbahn schon zweimal Vandalismus auf den Toiletten erlebt, einmal war ein WC aus der Verankerung gerissen und das zweite Mal ein Loch in die Seitenwand einer Kabine gebohrt worden. Er rechnete also mit dem Schlimmsten und trat beherzt in den Toilettenraum.

Als er sich umschaute, traf ihn der Schlag.

Auf der Fliesenwand neben den Pissoirs stand mit einem dicken Edding in riesigen Lettern geschmiert: „STEFAN WUNDER AUTOFICKER"

Sein Kopf schwirrte und seine Beine begannen zu zittern. Dann stieg eine rasende Wut in ihm hoch, die sich in einem schrillen Schrei entlud. „Wer war das!", schrie er aufgebracht, bevor er realisierte, dass er ganz allein war. Außer sich stapfte er zurück und riss die Tür auf, um seinen Zorn an den Schülern auszulassen. Doch der Tumult hatte sich in nichts aufgelöst, kein Mensch war mehr in der Nähe der Toiletten zu sehen. Wahrscheinlich zu seinem Glück, denn Stefan hatte Zeit gewonnen, klarere Gedanken zu fassen, die zunächst schwirrend durch seinen Kopf rasten und sich erst nach und nach ordneten.

Jemand hatte Hannah und ihn im Wald beobachtet, da war er sich sicher. Es mussten Schüler gewesen sein, wahrscheinlich seine Schüler. Mädchen schloss er sofort aus, bei ihnen kamen solche Ferkeleien so gut wie nie vor, und außerdem war die Jungentoilette betroffen. Er versuchte in aller Eile den besagten Tag zu rekonstruieren, kam schnell darauf, dass er mit der Neun gemeinsam im Schulgarten gewesen war. Die Neun! Deswegen waren sie so seltsam gewesen vorhin im Unterricht! Er war sich sicher, auf der richtigen Fährte zu sein. Wer kam in Frage? Komm schon, Stefan, sprach er zu sich selbst, du kennst doch deine Pappenheimer. Zu solch einer Frechheit gehört schon was, da kann man einige ausschließen. Bildlich stellte er sich seine Klassenordnung vor und ging die Jungen von vorne nach hinten durch.

Seine Gedanken begannen sich nun jedoch störend mit anderen zu kreuzen, die schon fieberhaft versuchten, die Folgen dieses Vorfalles abzusehen. Konnte er das Geschmier rasch beseitigen, bevor die Botschaft noch weitere Kreise zog? Wahrscheinlich wusste sowieso schon die ganze Schule davon. Da niemand ahnte, dass er sich dort mit seiner eigenen Frau getroffen hatte, würde er wahrscheinlich einer Liebschaft bezichtigt werden, der Gerüchteküche waren Tür und Tor geöffnet! War er etwa gezwungen, sein Geheimnis preiszugeben? Und dann? Was konnte ihm das nützen?

Die einzig richtige Entscheidung war die ehrliche Offensive. Er hatte jetzt Unterricht in der 12, die konnte er für eine Zeit allein lassen. Stefan lief kurz in die Klasse und verteilte einen Text zum Lesen, entschuldigte sich und suchte auf dem direkten Weg den Schulleiter auf. Herr Feiermann empfing ihn in seinem spartanischen, mit Schriften und Papieren überfüllten Bürozimmer gewohnt liebenswürdig, aber Stefan wusste, dass diese aufgesetzte Höflichkeit nur oberflächlich war. Feiermann sah man nicht an, was er dachte, das war das Unberechenbare an ihm. Natürlich hatte er schon von dem Vorfall gehört, er wusste alles, was den Schulbetrieb betraf, insofern war er ein guter Direktor. Stefan konnte also gleich zur Sache kommen, erzählte, wie er die Schmiererei entdeckt hatte, und auch, was seiner Meinung nach dahinter steckte.

„Wir sind beide keine Kinder mehr, Herr Feiermann, ich denke ich kann offen reden. Meine Frau und ich führen seit einiger Zeit eine sehr freie, ungezwungene Liebesbeziehung und erlauben uns den einen oder anderen Ausbruch aus dem alltäglichen Wahnsinn."

„Darum beneide ich Sie, Herr Wunder, ganz ehrlich. Aber welche Verbindung gibt es zu der Bemalung unserer Toilettenwand?"

„Tja nun, es ist so, dass wir uns hier vor einiger Zeit in einem Waldstück getroffen haben, mit dem Auto."

„Mit dem Auto. Da wäre die erste Verknüpfung."

„Ja, und wahrscheinlich, so nehme ich es jedenfalls an, sind mir ein Schüler oder mehrere heimlich zum Treffpunkt gefolgt und haben es beobachtet."

„Und an diesem Punkt komme ich ins Spiel." Herr Feiermanns Stimmung schlug um. Er stand energisch von seinem Bürostuhl auf, ging um seinen Schreibtisch herum und stellte sich ganz nah vor Stefan.

„Herr Wunder, Ihr Privatleben geht mich nichts an, es ist mir egal, wie und wo und mit wem Sie sich vergnügen. Ich bin selbst kein Kind von Traurigkeit."

Stefan zuckte bei dem „mit wem" zusammen, denn er wusste jetzt, dass der Schulleiter an seiner Darstellung zweifelte.

„Aber sobald Sie Ihr Privatleben mit der Schule verbinden und der Schule daraus ein Schaden entstehen könnte, muss ich mich einmischen. Und dieser Fall ist hier eingetreten!"

„Herr Feiermann, ich versichere ..."

„Unterbrechen Sie mich nicht!", herrschte Herr Feiermann ihn an, „das wäre nicht der erste Skandal, der aus einer scheinbar harmlosen Situation entsteht! Unzüchtiges Lehrpersonal, Eltern befürchten Schaden für ihre Kinder, was ist da am Schiller los! Ich kann mir die Presse lebhaft vorstellen. Wenn das in die Elternschaft durchsickert, und es wird durchsickern, steht hier mein Telefon nicht mehr still!"

Stefan versuchte das düstere Bild abzuwenden. „Also so schwarz würde ich das mal nicht malen. Ich verspreche, die Sache mit den Schülern schnellstmöglich zu klären. Ich habe da schon so einen Verdacht."

„Ja, klären Sie das, Herr Wunder, und zwar schneller als schnellstmöglich! Sollte diese Sache öffentlich werden, bin ich gezwungen, das Schulamt einzuschalten. Und was das für das Ansehen der Schule und auch persönlich für Sie bedeuten kann, wissen Sie selbst!"

Plötzlich schlug Feiermanns Stimmung wie aus heiterem Himmel wieder um. Jovial und väterlich fügte er hinzu: „Sie wissen doch, wie das ist, Wunder. Die Schule ist wie ein Misthaufen. Dampfend und warm. Aber wenn jemand beginnt, darin herum zu stochern, stinkt er fürchterlich. – Um die Schmiererei im WC kümmert sich der Hausmeister, ich habe das schon veranlasst. Und die Schüler übernehmen Sie. Ich wünsche Ihnen und mir, dass wir da heil wieder rauskommen."

Damit entließ er Stefan und begleitete ihn höflich zur Tür. Aber Stefan war gewarnt. Das war nicht auf die leichte Schulter zu nehmen. Noch ahnte er nicht, dass die frommen Wünsche des Direktors nicht in Erfüllung gehen würden.

Voller Tatendrang suchte er seine Neun, die gerade Sportunterricht hatte, ließ Marco und Jonas herausbitten und stellte sie noch in der

Umkleidekabine zur Rede. Die beiden Jungen waren schnell geständig und reumütig. Sie gaben zu, ihrem Lehrer gefolgt zu sein und die Szenerie im Wald beobachtet zu haben. Nur mit der Verunglimpfung auf dem Jungenklo wollten sie nichts zu tun haben. Allerdings wurde schnell deutlich, dass sie ihre Beobachtung nicht hatten für sich behalten können. Es war dadurch alles möglich. Den oder die Täter ausfindig zu machen würde langwierig und wahrscheinlich auch erfolglos bleiben. Aber er glaubte seinen beiden Schülern, sie waren nicht die Schmierfinken. Na klar, sie hatten allerhand Un im Sinn, diese Formulierung hatte er einmal irgendwo so treffend gelesen. Aber Vandalismus in dieser Art war ihnen nicht zuzutrauen. Ihren Eltern hatten sie von all dem noch nichts berichtet, in dieser Hinsicht bestand also noch Hoffnung.

Es dauerte noch drei Tage, bis diese Hoffnung endgültig schwand. Die Täter waren, wie erwartet, noch nicht gefunden, aber das war nicht das Schlimmste. Am Freitag Vormittag hing ein offener Brief an der Lehrerpinnwand, und als Stefan sich durch die davor stehende Gruppe von Kollegen einen Weg gebahnt und die Schrift gelesen hatte, wurde ihm flau im Magen. Der Brief war vom Abitursjahrgang unterzeichnet und hatte den folgenden Wortlaut:

WUNDER GIBT ES IMMER WIEDER!
Die erst kürzlich bekannt gewordene Ausschweifung
eines Lehrers an unserer Schule
ist kein Einzelfall!

Inzwischen hat eine noch minderjährige Mitschülerin offenbart, ein Verhältnis mit einem unserer Pädagogen zu haben. Daraufhin haben sich zwei weitere Verdachtsfälle von Abhängigkeiten von Schutzbefohlenen ergeben, die zwar noch nicht nachgewiesen sind, sich aber inzwischen verhärtet haben und Anlass zu großer Sorge bieten.

Die Schüler des Schiller-Gymnasiums fordern eine bedingungslose Aufklärung aller Ungereimtheiten an dieser Schule! Es darf nicht sein, dass durch Verschleierung und Verharmlosung alles unter den Tisch gekehrt wird. Wir Schüler werden letztendlich den Schaden davontragen!

Gezeichnet: Jahrgangsstufe 13
(Nicht unterschrieben haben: Walther Rohwald, Bernd Stüver und Elke Winter.)

Der Aufruf traf in ein Wespennest. Es herrschte helle Aufregung im Lehrerzimmer, alle redeten und stritten durcheinander, alle planten, was jetzt zu tun sei oder suchten nach Schuldigen oder Betroffenen. Der Schulleiter ließ sich von seiner Sekretärin als „nicht zu sprechen" entschuldigen. Die Stimmung war panisch.

Sondersitzung, Maßnahmenplan, Schweigepflicht, es lief das volle Programm. Die Anstifter mussten gefunden, den Beschuldigungen nachgegangen werden, es ging um Schadensbegrenzung. Das Schulamt wurde informiert, eine Sonderkommission hatte sich angekündigt.

Dann der Montag. Die im Flugblatt der Schüler nicht namentlich genannte Schülerin war aufgeflogen und am Wochenende von zwei Redakteuren der Bild-Zeitung aufgesucht worden. Der Artikel war zum Wochenanfang erschienen, reißerisch aufgemotzt und völlig unzulänglich und meistenteils haltlos und auf Gerüchten basierend. Aber die Schule war jetzt in aller Munde. Und immer wieder der Name Stefan Wunder.

Dann kamen sie in die Schule. Zwei Herren in Jeans und Lederjacke, mit einer schweren Kamera ausgerüstet, es war sofort klar, was sie wollten. Die ganze Sache lief aus dem Ruder und wurde zu einem handfesten Skandal. Und Stefan hatte den Stein ins Rollen gebracht.

Der Unterricht wurde für Stefan eine Tortour. Jedes Kichern oder Tuscheln bezog er auf sich selbst. Er merkte, dass er biestig und kleinkariert wurde, verteilte Klassenbucheinträge und versuchte Druck durch das Androhen schlechter Noten aufzubauen. Und immer spürte er die drohenden Konsequenzen im Nacken. Ein Rufmord dieser Art konnte ihn seine Lehrerkarriere kosten.

Maggi hatte die letzten wirbeligen Tage in der Schule versucht, den Kontakt mit Stefan zu meiden. Sie fühlte sich schuldig an dem ganzen Dilemma, schuldig, weil sie schwieg. Weil sie nicht preisgab, was sie abends hörte, wenn sie mit Wolf bei Rotwein und Kerzenschein zusammen war. Auch sie kannte den Ausgang dieser Geschichte nicht, aber sie konnte Einfluss ausüben. Aber sie tat es nicht. Im Gegenteil, sie hatte das Gefühl, dass sie Wolf zu immer wilderen Fantasien anstiftete.

In einer Freistunde trafen sich die beiden zufällig am Kopierer. Stefan sah aus wie ein Häufchen Elend, er tat Maggi so leid.

„Hi Maggi", begrüßte er sie zynisch und bitter, „na, bist du auch schon unter Verdacht geraten? Mit wem betrügst du deinen Mann? Du bist doch die meiste Zeit allein, dein Menne ist doch in München, oder?"

Maggi spürte, wie ihr Kopf heiß wurde und ihr das Blut in die Wangen stieg. Natürlich! Sie war ja selbst betroffen! Aber das würde Wolf nicht tun! Sollte sie auch noch in den Skandal verwickelt werden? Wolf würde sich ins eigene Fleisch schneiden, denn in dem Fall wären sie geschiedene Leute! Außerdem hatten sie sich versprochen, ihre Liaison geheim zu halten.

„Maggi? Alles klar?" Stefan schaute Maggi fragend an und riss sie aus ihren Gedanken.

„Ja ja, alles klar. – Ich mach mir nur Sorgen um dich, um uns, Stefan."

„Gibt es ein ‚uns'? Ach guck, wusste ich noch gar nicht, hab ich mit dir auch was?"

„Unser ‚uns' ist Wolf Göde, Stefan!"

„Ach komm, Wolf Göde! Es mag ja ganz lustig sein, was er sich so zurecht spinnt, aber was hat Wolf mit dem Schulamt und Mister Feiermann zu tun? Wolf kann alles Mögliche schreiben, aber er kann mich nicht nach Hintertupfingen versetzten, oder?"

Maggi sah Stefan besorgt an.

„Er kann die Sonne von West nach Ost drehen lassen, Stefan. Wir sind seine Spielbälle, wir sind seiner schrägen Fantasie ausgeliefert."

Stefan wusste, dass Maggi Recht hatte, und plötzlich kam mächtige, verzweifelte Wut in ihm auf.

„Weißt du, was Wolf kann? Er kann mich mal kreuzweise! Wolf ist ein Spinner, der gar nicht in dieser Welt lebt! – Wolf kann mir gar nichts. Der kann nur Schwachsinn produzieren!"

Stefan stutzte kurz, denn ihm war eine gute Demonstration seiner Meinung über Wolf eingefallen. Dann machte er es wahr. Kurz entschlossen zog er sich Hose und Slip auf die Knöchel, stützte sich rückwärts mit den Händen am Rand des geöffneten Kopierers auf und hopste mit dem Hintern auf die Glasscheibe, die leicht knackte, als er sich niederließ. Dann betätigte er den Startknopf und spürte die Hitze, als sein Allerwertester von unten belichtet wurde.

Maggi stand wie geschockt mit offenem Mund und war nicht fähig, etwas zu sagen. Es gab auch nichts zu sagen, Stefan hatte sich schon wieder angezogen und hielt ihr die hübsche Kopie vor die Nase, die gut erkennbar sein Hinterteil darstellte.

„So einen Quatsch erfindet Wolf Goethe!", rief er, schaute sich suchend um, fand ein Döschen mit Heftzwecken und pinnte sein Kunstwerk über dem Kopierer an die Wand.

„So, jetzt kann jeder sehen, was mich Wolf Göde kann!" Mit diesen Worten stand er wie ein trotziges Kind vor Maggi.

„Ich sehe ihn morgen, Stefan. Ich rede mit ihm. Vielleicht kann ich das Schlimmste verhindern."

„Ach Maggi." Stefan lachte bitter. „Du bist doch genauso in die Sache verstrickt wie ich. Redest du mit ihm oder schreibt er nur, dass du mit ihm redest? Glaubst du wirklich, du könntest was ausrichten?"

„Ich weiß es nicht, Stefan. Aber ich versuche es. Mehr kann ich nicht tun."

Stefan winkte ab und ließ Maggi wortlos stehen. Er hatte sich entschlossen, sich ab morgen erst einmal krank zu melden, bevor er noch ganz zusammenbrach.

Maggi stand noch eine Weile wie versteinert am Kopierer, als sie Schritte hörte. Rasch beugte sie sich vor, riss Stefans Bild von der Wand und knüllte es in die Hosentasche, bevor die Kollegin, die jetzt um die Ecke bog, davon Notiz nehmen konnte.

Auf dem Heimweg legte sich Maggi pausenlos die Sätze und Fragen zurecht, die sie formulieren wollte, wenn sie morgen mit Wolf allein sein würde. Es wurde höchste Zeit, dieses Experiment zu beenden. Wolf übertrieb es, er drehte irgendwie durch. Vielleicht stieg ihm die Macht zu Kopf, sie vermutete das stark. Morgen würde sie ihn zur Rede stellen. Auch wenn sie das in ihrem Herzen sehr traurig machte. Denn auch die so wunderschönen, heimlichen Treffen mit Wolf würden dann zu Ende gehen.

16. Adam und Eva

In der St. Laurentius-Kirche wurde das Segenslied gesungen. Das mittlere Kirchenschiff war halb gefüllt, die vorderen Bänke und der ganze hintere Teil waren so gut wie unbesetzt. Die Organistin auf der Empore setzte zur dritten und letzten Strophe an, zog noch einmal alle Register, um dem Gottesdienst ein erhabenes Ende zu bereiten. Einige alte Mütterchen sangen mit fisteligen Stimmen lauthals mit, doch für die meisten war das Lied zu hoch intoniert oder sie kannten die Melodie gar nicht.

Abseits in der letzten Bank saß ganz allein eine junge Frau mit schwarzen, glatt gekämmten Haaren und einer dickrandigen Hornbrille. Niemand hätte Thessi erkannt, selbst Ruby hatte sie für einen Moment täuschen können. Auch Thessi sang nicht mit. Sie rutschte nervös auf der Kirchenbank hin und her. Jetzt war es gleich soweit. Es würde sich zeigen, ob ihr Plan funktioniert hatte. Ruby hatte sich seit einigen Minuten nicht mehr gemeldet. Die beiden waren in ständigem Kontakt per Handy über das Internet. Ruby war draußen auf dem Kirchplatz und Thessi wusste von ihr, dass sich dort Einiges tat. Neben ihr auf dem Boden stand eine Plastiktüte, in der sie die Flyer und Poster verstaut hatte. Die ganze Szenerie kam ihr so unwirklich vor, was auch daran lag, dass sie seit Jahren nicht mehr in einer Kirche gewesen war, selbst zur Weihnachtszeit nicht. Doch, einmal, fiel ihr jetzt ein, vor einem Jahr, da hatte sie die Hochzeit einer Freundin in einer kleinen Kapelle miterlebt. Aber die Atmosphäre hier in St. Laurentius war vollkommen anders. Der Pfarrer strahlte eine düster mahnende, bedrohliche Stimmung aus, er versuchte seinen Schäfchen die ganze Zeit über zu suggerieren, was für unvollkommene Sünder sie doch waren und dass es Zeit war, endlich Buße zu tun. Zwischendurch verspürte Thessi den Drang aufzuspringen und die Fenster aufzureißen, aber die bunt und grau kleinteilig verglasten Scheiben ließen nur ein Schummerlicht in den Raum, das alles in eine kühle, gruftige Atmosphäre tauchte.

Jetzt verstummte die Orgel. Thessis Magen zog sich nervös zusammen. Gleich war es soweit, die ersten Kirchbesucher standen schon auf und wollten die Kirche verlassen. Thessi blieb sitzen und ließ den Pfarrer an sich vorbeieilen, der die Gemeinde am Ausgang verabschieden wollte. Sie wartete angespannt auf den geeigneten Moment.

Der Kirchplatz draußen war schwarz von Menschen, im wahrsten Sinne des Wortes, denn die meisten hatten sich schwarz gekleidet, schwarze Hosen, Blusen oder T-Shirts, manche mit Mönchkutten und Kapuzen. Ruby konnte nicht schätzen, wie viele inzwischen gekommen waren, aber es ging an die Hunderte, vermutete sie und es kamen immer noch mehr! Alle waren Thessis und Rubys Aufruf in der Community gefolgt und hatten den angegebenen GPS-Punkt angesteuert, um die Aktion „Adam und Eva" zu unterstützen, zu der die beiden Frauen eingeladen hatten. Niemals hatte Ruby mit solch einem Zuspruch gerechnet und die ganze Aktion wurde ihr schon unheimlich, bevor sie überhaupt angefangen hatte.

Plötzlich, kurz bevor der Gottesdienst in der Kirche sein Ende nehmen sollte, formte sich die Menschenmasse wie von Geisterhand zu einem breiten Spalier, das den Weg zum Kirchportal freigab. Kein Megafon war notwendig, die Kommunikation lief reibungslos über den stetigen Handykontakt.

Durch die entstandene Blickachse vom Portal bis zum Kirchpark konnte Ruby hinten auf den Stellplätzen unter den Bäumen Polizeiwagen erkennen. Oh Gott, dachte sie, aber sie wunderte sich eigentlich nicht, dass die Aktion auch bei den Gesetzeshütern nicht unentdeckt geblieben war. Gerade jetzt zu Zeiten, in denen solche Internetaufrufe und die Netzkommunikation immer wieder zu Ausschreitungen und Krawallen führten, zunächst in England und inzwischen in ganz Europa, war der Staatsschutz besonders aufmerksam geworden. Hoffentlich waren Thessi und sie nicht schon als Organisatoren bekannt. Sie hatten alles Mögliche getan, um die Quelle des Aufrufs zu verschleiern.

Ruby hörte plötzlich von vorn an der Kirche Rufe. Das Kirchentor hatte sich geöffnet, die Gottesdienstbesucher traten zurück ans Licht – und wussten nicht, wie ihnen geschah! Sie sahen sich umringt von verkleideten Gestalten, die sie beklatschten und johlten wie bei einer Sportveranstaltung! Der Pfarrer stand in der Tür und versuchte nervös, den Flashmob zu ignorieren, er schüttelte Hand für Hand, als wäre nichts anders als sonst.

Rubys Zeit war gekommen. Zwischen zwei Bäumen auf der gegenüber liegenden Seite hatten die beiden Frauen in der Nacht, im Laub verborgen, ein Transparent angebracht. Ruby zog an einem vorbereiteten Strick. Das unten beschwerte Leinentuch entrollte sich mit einem Ruck. In riesigen Lettern war zu lesen:

Aktion
ADAM UND EVA
Mehr Liebe in die Kirche!
Gegen Missbrauch und Vertuschung!
RZ

Die Initialen waren inzwischen nur zu gut bekannt, und jeder, der das Plakat las, wusste nun spätestens, mit wem er es zu tun hatte. Der Kirchplatz und die nahe Umgebung füllten sich immer noch weiter. Neben den, durch das Internet aufgerufenen Aktivisten, strömten auch Unbeteiligte und Neugierige herbei. Die „Rote Zora" war in aller Munde, und man rechnete mit Spektakulärem. Die Polizei hatte sich inzwischen um den Platz herum postiert, blieb aber immer noch zurückhaltend und beobachtend. Längst war auch die Presse zur Stelle, fotografierte und suchte nach Interviewpartnern. Aber kaum jemand konnte sagen, wie es weiter gehen sollte.

In der Kirche hatte Thessi abgewartet, bis alle den Raum verlassen hatten. Als auch die Organistin von der Empore stieg, sprang sie auf und heftete in Windeseile ihre vorbereiteten Plakate an die Säulen zwischen den Bänken, lief zum Altar, beklebte auch dort noch Einiges und kletterte dann schnurstracks zur Orgelempore hinauf. Von dort führte eine schmale Stiege zum Kirchturm. Den Schlüssel zu der alten Holztür hatte Ruby besorgt, die sich noch immer gut mit der Küsterin verstand, welche heute wie verabredet nirgends zu sehen war.

Thessi kletterte flink die Stufen hinauf, bis sie auf der zweiten Empore ein schmales Fenster öffnen konnte. Von dort schaute sie auf den Platz hinunter und sah den Menschenauflauf unter sich. Sie glaubte kaum, was sie sah. Es wimmelte von Menschen! Aber sie behielt die Nerven, griff in ihre Plastiktüte und holte die Flyer hervor. Flyer sind zum Fliegen da, dachte sie und warf dann den ersten Stapel durch die schmale Luke. Die Blättchen fächerten auf und regneten wie Konfetti hinab.

Mehr und mehr warf Thessi hinterher, bis die Tüte leer war, ein flitternder, schillernder Blätterregen fiel auf die Menge. Doch es blieb keine Zeit, den Anblick weiter zu genießen. Thessi musste sich jetzt beeilen, wieder hinabzusteigen, um hier oben nicht entdeckt zu werden. Flugs sprang sie die Stufen hinab, bis sie wieder auf der Orgelempore stand. Vom Holzgeländer aus übersah sie kurz den Kirchraum und wollte schon ganz hinabklettern, als sie die Polizisten erblickte, die unten eindrangen und schon nach ihr Ausschau hielten. Gleich würde sie bemerkt werden, sie war gefangen, es gab keinen zweiten Ausgang. Als die Beamten sie oben auf der Empore erblickten, nahmen sie die Verfolgung auf und riefen ihr zu, stehen zu bleiben. Schon hörte Thessi ihr Poltern auf der Holzstiege. Panik stieg in ihr auf. Gehetzt blickte sie sich um und sah nur eine einzige Chance. Sie überkletterte die Balustrade und hangelte sich an der Holzverzierung hinab, erwischte mit den Füßen die steinerne Trägersäule und ließ sich vorsichtig hinab. Mit einem gewagten Sprung überwand sie die letzten zwei Meter, rollte sich ab und wollte den Ausgang erreichen, als sie einen kräftigen Griff am Arm spürte, der sie fixierte und auf den Boden drückte. Ein Uniformierter hatte sie erwischt und drehte ihr den Arm auf den Rücken, sodass sie ihm hilflos ausgeliefert war.

Der Blätterregen auf dem Kirchplatz hatte einen Sturm der Entrüstung ausgelöst. Viele aufrührerische Sprüche hatten Ruby und Thessi erfunden und in fetten Lettern abgedruckt. „Gott ist die Liebe – Abschaffung des Zölibats!", war zu lesen, und „Demokratie für die Gläubigen!"

„Kein Missbrauch mehr im Kirchenkeller!" stellte einen eindeutigen Bezug zu den aktuellen Anschuldigungen her.

„Schluss mit der kirchlichen Zwangsneurose!" wurde reißerisch gefordert, und allgemeinere Wendungen wie „Frauen in die Kirche!" oder „Moral ist die Zwillingsschwester der Doppelmoral!" trafen die Meinung vieler, die es lasen.

Ein Flyer fand besonderen Anklang: „Liebe in die Kirche!" forderte er, und einige der jüngeren Leute hatten plötzlich die Idee, in diesem Sinn die heiligen Räume zu stürmen. Der Pfarrer versuchte noch, die Pforte rasch zu schließen, nachdem er alle Gottesdienstbesucher verabschiedet hatte. Doch mit Thessis Flyer-Aktion begann der Polizeieinsatz, und hinter den Beamten strömten die Aktivisten mit hinein. Die Chance sich zu verbarrikadieren war vertan.

Ruby schlüpfte mit hindurch, bahnte sich einen Weg zur Sakristei und legte flink eine Gospel-CD in den Player. „Oh happy day" dröhnte es plötzlich aus den Lautsprechern, die Menge johlte und klatschte begeistert mit.

In diesem Trubel wurde Thessi durch den Nebenausgang abgeführt und zu einem der Polizeiwagen gebracht, um dort die Personalien festzustellen. Doch Thessi hatte nicht vor, ihre Identität preiszugeben. Ihre einzige verzweifelte Hoffnung war jetzt Ruby, die schon fieberhaft Ausschau nach ihrer Freundin gehalten hatte und schließlich von der Sakristei aus sah, wie die Beamten Thessi gewaltsam nach draußen bugsierten.

Die Party in der Kirche verselbstständigte sich, der allenthalben mitgebrachte Alkohol ließ die Stimmung immer ausgelassener werden. Vorne tanzten die ersten und grölten lauthals mit der Musik. Einige fassten sich um die Schultern und bildeten jetzt einen wogenden Kreis, in dessen Mitte die Übermütigsten wilde Tänze aufführten. Die Polizei versuchte über Megafone, die Menge zu erreichen.

„Bitte verlassen sie umgehend das Gebäude! Sie machen sich des Hausfriedensbruches schuldig! Bitte verlassen sie umgehend das Gebäude!" – aber keiner nahm Notiz von ihnen. Im Gegenteil, vorn am Altar verschärfte sich die Situation. Wohl animiert durch das große „Adam und Eva"-Plakat, das Thessi hier aufgehängt hatte und das stilisiert ein unbekleidetes sich umarmendes Liebespaar unter einem Kreuz zeigte, skandierte die Meute plötzlich „Adam und Eva, Adam und Eva!" Anlass war dabei ein Pärchen, das gerade innerhalb des Menschenkreises einen sehr anzüglichen Liebestanz vollführte. Die junge Frau benahm sich zügellos, wie in Ekstase lockte sie ihr Gegenüber mit verführerischen Bewegungen. Mit einem Mal wagte sie es: Sie streifte sich tanzend ihr T-Shirt über den Kopf, und da sie keinen BH trug, stand sie zum Jubel aller barbusig im Kreis, hielt die Arme hoch und drehte sich herum. Fotoblitze zuckten, die Menge rückte von hinten immer dichter heran, bis die Polizei die Musikanlage gefunden hatte und die Klänge plötzlich verstummten.

Doch das war ein riskanter Schritt gewesen. Die Situation eskalierte nun vollends. Im hinteren Teil an der Tür nutzten einige Raufbolde den aufkommenden Unmut, um Aggression zu schüren, sie pöbelten und schubsten. Jetzt hatte die Polizei einen Grund, mit Helm, Schilden und Schlagstöcken von hinten vorzurücken und einzugreifen. Der vordere Seiteneingang war für eine Flucht der Massen viel zu eng, es drohte eine Panik. Die Menschen kletterten über die Bänke und stürmten den Altarraum und die Sakristei, der erste Altarleuchter schepperte zu Boden.

Ruby bekam Angst. Sie drückte und schob sich zum Seitenausgang, aus dem Thessi geführt worden war, um dem Tumult zu entkommen. Ihr einziger Gedanke war jetzt, ihrer Freundin zu helfen, die sie in der Gewalt der Polizei wusste.

Endlich stand sie unverletzt im Freien und sah sich um. Durch die Bäume hindurch erblickte sie die dort abgestellten Polizeiwagen und kombinierte, dass sie nur dort eine Chance hatte. Ruby hatte zwar noch nicht die leiseste Ahnung, was sie tun sollte, aber während sie zielstrebig auf den Parkplatz zueilte, sann sie fieberhaft nach einer Idee. Sie suchte Schutz hinter einer der mächtigen Linden ganz in der Nähe der Stellplätze und erspähte die Lage.

Es dauerte nicht lange, bis sie Thessi in einem der Streifenwagen entdeckt hatte, denn alle anderen Fahrzeuge waren unbesetzt. Ein Beamter saß mit im Wagen, so viel konnte Ruby erkennen. Sie musste schnell aktiv werden, solange der Tumult an der Kirche noch anhielt. Es wurde dort jede Hand gebraucht, die Beamten formierten sich und versuchten die Situation in den Griff zu bekommen, ohne dass Panik ausbrach. Es war abzusehen, dass bald noch mehr Leute verhaftet und zum Parkplatz gebracht werden würden.

Der junge Beamte bei Thessi befand sich in einem ständigen, nervösen Funkkontakt mit seinen Kollegen. Seine Aufmerksamkeit war dadurch herabgesetzt, zumal Thessi sich augenscheinlich ganz ruhig verhielt und keine Gefahr im Verzug war. Jetzt oder nie, der Augenblick war günstig! Ruby trat beherzt an den Wagen, hielt sich den Arm und wimmerte herzzerreißend, indem sie eine schmerzhafte Verletzung vortäuschte. Der Beamte war zu unerfahren und gab einem natürlichen Reflex nach, stieg aus und wollte Ruby helfen. Geistesgegenwärtig nutzte Thessi den kurzen Augenblick. Da sie nicht gefesselt war, riss sie die abgewandte Seitentür auf und floh in wilder Hast, mitten in die Menge hinein. Gleichzeitig nahm auch Ruby die Beine in die Hand und rannte in entgegengesetzter Richtung davon. Der Beamte war perplex und zögerte zu lange, um die Verfolgung aufnehmen zu können, zumal er seinen Wagen nicht offen stehen lassen konnte. In seiner Verzweiflung zog er plötzlich seine Waffe, entsicherte und schrie: „Stehen bleiben, oder ich schieße!" Weil sein Befehl natürlich kein Gehör fand, reagierte er über und schoss in die Luft.

Durch den lauten Knall brach auf dem Platz Panik aus, die Menschen hasteten in alle Richtungen, kreischten, als wären sie getroffen, rannten davon, stolperten und fielen übereinander. Thessi, die sich mitten durch den Trubel zwängte, kamen die Tränen, vor Angst, Verzweiflung, Hilflosigkeit und Schuldbewusstsein. Aber sie kämpfte sich weiter, immer weiter, bis sie endlich mehr Platz um sich hatte und die Hauptstraße erreichte, die sie in wilder Eile überquerte und auf der anderen Seite im Gewirr der Seitenstraßen verschwand.

Wie verabredet trafen sich Ruby und Thessi eine halbe Stunde später am Kriegerdenkmal, weit ab von der bizarren Szenerie an der Kirche. Erschöpft fielen sie sich in dir Arme, dankbar für die geglückte Flucht. Nachdem sie sich etwas beruhigt hatten, suchten sie ihre bereitgestellten Fahrräder und fuhren über einen Umweg zum Bahnhof, wo sie den nächsten Zug erreichten, der sie sicher aus der Stadt zu Thessis Wohnung brachte.

Still saßen sie im Abteil nebeneinander. Beide wussten mit einem unguten Gefühl, dass ihnen die Aktion Adam und Eva außer Kontrolle geraten war. Beide beteten inständig, dass sie nicht für schwere Verletzungen oder noch Schlimmeres die Verantwortung übernehmen mussten. Sie beide waren fürs Erste gerettet, aber sollten Menschen zu Schaden gekommen sein, würden sie sich das nur schwerlich verzeihen können. Ruby dachte an Goethes „Zauberlehrling", genauso hatte sie sich gefühlt. Sie hatte die heraufbeschworenen Massen nicht mehr beherrschen können.

Thessi kannte diese Verse nicht. Sie war nur unendlich müde, kuschelte sich in Rubys Arm und versuchte wie ein kleines Kind die Lider fest zusammen zu kneifen, um nicht mehr gesehen zu werden.

17. Der dritte Akt

3. Akt
Natter, Tell und Roman am Tisch im Hinterzimmer. Es fehlen Wolf und Luna.

NATTER: Es gab mal Zeiten, da war Wolf immer der Erste.
TELL: Klar, der hat jetzt Besseres zu tun *(macht mit den Händen eine vulgäre Geste)*.
ROMAN: Hört doch auf! Luna hält sich an die Abmachung.
NATTER: Träum weiter, Roman! Mann, in welcher Welt lebst du eigentlich? Die beiden haben was miteinander.
TELL: Ich hab schon gesehen, wie sie Händchen gehalten haben. Sie dachten, sie wären allein, als ich mit Natter rauchen war.
ROMAN: Ihr seid eifersüchtige Hetzer! Ich lasse auf Luna nichts kommen! *(leise:)* Mir hat sie auch schon die Hand gehalten.
NATTER *(lacht schrill)*: Oh Roman, du liebestoller Geck! Denk was du willst – Ah, da kommen sie ja!

Wolf und Luna eilen herbei und setzen sich mit an den Tisch.

LUNA: Es tut uns leid, dass ihr warten musstet.
WOLF: Der Zug ist ausgefallen, sorry.
NATTER *(bissig)*: Na klar, der Zug. – Ach Luna, deine Bluse ist übrigens schief geknöpft. Bisschen eilig gewesen, was?
LUNA *(nestelt verlegen an ihrer Bluse)*: Komm Natter, jetzt mach keinen Elefanten draus.
ROMAN *(springt plötzlich auf)*: Ihr seid alle zum Kotzen! Ihr denkt nur noch ans Vögeln, völlig schwanzgesteuert! Lasst doch Luna in Ruhe, sie hat euch nichts getan. *(läuft um den Tisch zu Luna hinüber, versucht sie in den Arm zu nehmen, doch Luna weicht zurück)* Hör nicht auf diese Schwachstruller! Ich weiß, dass du dich an niemanden vergisst! Ich weiß, dass ich dich deswegen nie lieben darf.

Du weißt, wie ich für dich empfinde, mir ist egal, was die anderen von dir wollen. Du lässt sie abblitzen, Luna, alle, Wolf, Tell und Natter. Ich werde dich nicht bedrängen, aber ich träume dich in mein Leben, du bist so ... *(fällt vor ihr nieder)*
LUNA *(streichelt über seinen Kopf)*: Ach Roman, mein süßer Roman. Sag doch so was nicht, bitte sag das nicht. Ich bin nicht so rein wie du denkst, Roman. Du bist der Einzige hier mit ehrlichen, offenen Gefühlen.
NATTER: Ha, also doch! Der Wolf hat seine Beute gerissen. Sehr gerissen!
TELL: Es ist noch schlimmer, Natter!
LUNA *(aufgebracht)*: Tell! Das wagst du nicht! Wir haben ein Abkommen!
TELL: Ja, wir hatten ein Abkommen! Und du hast es als Erste gebrochen! Warum soll ich nun dichthalten?
NATTER: Raus damit Tell, tabula rasa! Was ist hier los?
WOLF: Ruhe mal, beruhigt euch! Tell, sag, was du zu sagen hast!
TELL *(böse)*: Ich weiß nicht, ob du das wirklich willst, Wolf. *(Schaut linkisch zu Luna)* Luna, red es ihm aus, ich sag es nur, wenn er es unbedingt wissen will.
ROMAN *(immer noch vor Luna am Boden)*: Wann hört das endlich auf! Was macht ihr denn! Bitte, hört doch auf!
TELL *(zischt)*: Wenn jemand aufhören kann, dann ist das Wolf.
LUNA: Du bist widerlich, Tell!
WOLF: Du hast es gelesen, stimmt es? Und du, Luna, hast mich verraten!
LUNA: Es tut mir so leid, Wolf! Tell war so verzweifelt, weil er keinen Stoff für sein neues Theaterstück fand! Er hat nichts gelesen, ehrlich, kein Wort! Ich habe ihm nur von deinen Ideen erzählt!
NATTER: Könntet ihr mal deutlicher werden?
TELL *(lacht)*: Es ist alles nur ein Fake, Natter. Alles! Du, ich, unsere Treffen. Wir sind nur Darsteller in einem Buch, verstehst du das? Es gibt kein Hinterzimmer, es gibt keine Luna! Es ist ein Traum!

NATTER *macht weite Augen und muss plötzlich hemmungslos lachen, die Tränen rinnen ihm über die Wangen, er lässt sich lachend vom Stuhl gleiten und sitzt auf dem Boden. Dann schreit er*: Ihr seid des Wahnsinns! Bitte, sagt mir, dass das nicht wahr ist!
WOLF: Du hast schon recht, Natter, nichts ist wahr!
ROMAN *(steht plötzlich auf und geht Tell an die Gugel)*: Toller Trick, Tell, aber so nimmst du mir Luna nicht weg! Ihr könnt mich nicht verarschen!

Tell und Roman rangeln, Luna versucht dazwischen zu gehen und bekommt von Roman einen Tritt, dass sie mit dem Kopf auf die Tischkante und dann zu Boden fällt.

ROMAN *(lässt von Tell ab und beugt sich zu Luna hinab)*: Oh Gott, was habe ich getan! Luna, du blutest aus dem Mund! Luna, so sag doch etwas!
NATTER *(immer noch glucksend vor seinem Stuhl am Boden sitzend)*: Das ist der Wahnsinn! Du hast sie umgebracht, Roman! Tell, das ist die beste Idee, die du je hattest!
ROMAN *(verzweifelt)*: Es war ein Unfall, verzeiht mir! Ein Unfall! Wie soll ich ohne sie sein! Was habe ich getan?
ROMAN *(schaut wild umher, reißt voller Panik ein Rehgeweih von der Wand und rammt sich das Horn in sein Herz. Stöhnend bricht er zusammen und stammelt leise)*: Wo immer wir aufwachen werden, Luna, wir werden es zusammen tun. *(röchelt, stirbt)*
WOLF: Oh Gott, Tell, so hatte es nicht kommen sollen.
NATTER: Los, Tell, lass den Idioten, wir machen uns aus dem Staub! Lass alles liegen, hier finden wir nur Lug und Trug!
TELL: Ja, Natter, natürlich, ich komme, zwei Tote reichen. Wer will das jemals verstehen? *(vergnügt zu Wolf)*: Tja mein Lieber, nun bin ich dir zuvorgekommen, he? Nun habe ich das Ende bestimmt und nicht du. Du bist nicht Gott, wie?

WOLF *(mit tränenerstickter Stimme)*: Aber warum musste Luna sterben, Tell? Sie war doch noch so jung!
NATTER: Wenn wir sie nicht kriegen, bekommst du sie auch nicht, stimmt's Tell? Das war die Abmachung, schon vergessen, Wolf?
WOLF: Und Roman? Was hat er euch getan? Warum Roman?
TELL *(klopft Wolf jovial auf die Schulter)*: Wir sind im letzten Akt, Wolf, da brauchen wir einen Selbstmord aus Leidenschaft. Einfach für die Quote, das musst du einsehen.
(Tell und Natter fröhlich hüpfend ab.)
WOLF: Ach meine Luna, ich hatte noch so viel vor mit dir! Du hättest Tell nichts erzählen dürfen! Und Roman: ich hatte vor, ihn berühmt werden zu lassen, er stand kurz vor dem Durchbruch!

Wolf besieht sich traurig die grausame Szenerie, stupst Romans Körper mit dem Fuß an und geht dann zu Luna. Ächzend schultert er ihre Leiche und trägt sie hinaus.

WOLF *(im Hinausgehen, wirr)*: Komm Luna, ich helfe dir. Komm schon mit. Ich werde dich in einem gläsernen Sarg betten, mit Blumen geschmückt, in einem blütenweißen Kleid. Dort sollst du schlafen, solange schlafen, bis ein stolzer Prinz auf einem schwarzen Rappen dich mit einem Kuss erlöst ... *(ab)*

Auf die leere Bühne kommt der Kellner, schaut sich verwundert um.
KELLNER *(aufgebracht rufend)*:Und wer bezahlt die Zeche?!

Kellner geht kopfschüttelnd hinaus und kommt mit einem Putzeimer und einem Feudel zurück. Er kniet sich nieder und wischt pfeifend um Romans Leiche herum die Blutlache auf.

(Vorhang fällt)

Es war mucksmäuschenstill im Hinterzimmer. Luna war die Erste, die ihre Sprache wieder fand.

„Wow!", sagte sie, „Tell, das ist der Hammer! Du hast dich selbst übertroffen!"

Genau wie bei Wolf rasten ihre Gedanken. Hatte Tell tatsächlich etwas mitbekommen? Hatte er Wolfs Manuskript gelesen? Wie hätte er sonst auf diesen Einfall kommen können? Und hatte er die beiden wirklich Händchen haltend gesehen?

Tell beendete plötzlich die Spekulationen: „Sicher fragt ihr euch, wie ich auf all das gekommen bin. Gleich vorweg: Wolf, ich habe dein Manuskript, das du uns hier seit langem vorenthältst, natürlich nicht gelesen. Auch mit Luna habe ich nicht darüber geredet. Die Idee für diesen dritten Akt entstand allein durch unsere letzten Gespräche über die fünfte Dimension, ihr erinnert euch daran."

Plötzlich sah Luna, dass Roman ganz weiß geworden war.

„Hey, Roman, was ist denn mit dir los?", fragte sie ihn mitfühlend. Doch Roman winkte nur ab.

„Egal", antwortete er, „es ist alles egal, Luna." Damit erhob er sich und verließ das Hinterzimmer.

Tell erklärte es Luna: „Er ist total verschossen in dich, Luna. Die Liebe treibt ihn in meinem Stück nicht umsonst zum Suizid."

Luna sah Tell direkt in die Augen: „Und du, Tell? Was würdest du aus Liebe tun?"

Tell wich ihrem Blick aus und schaute auf sein Glas ohne zu antworten.

Natter sprach nun für ihn: „Ach komm Luna, du weißt doch selbst, was hier los ist."

Luna schaute von einem zum anderen. Keiner erwiderte ihren Blick, selbst Wolf sah sie nicht an. Da wurde sie unendlich traurig und wusste plötzlich, dass es so nicht weiter gehen konnte. Sie musste die Sache aufklären. Ganz langsam sagte sie: „Ihr glaubt etwas zu wissen, über Wolf und mich, stimmt es?"

Keiner antwortete ihr.

„Wolf, ich glaube, jetzt bist du mal dran."

Doch Wolf sah sie an und schüttelte den Kopf.

„Noch nicht, Luna, bitte noch nicht."

Aber Luna war nicht länger bereit zu schweigen. Sie sprach mit fester Stimme: „Tell, du lagst so richtig mit deinem dritten Akt! Wir alle befinden uns in der fünften Dimension. Und dass du das wusstest, Tell, liegt an Goethe. Denn der hat es in Wahrheit geschrieben, nicht du.

Alle starrten Wolf Göde an, doch der blieb wortlos. Luna sprach ihn eindringlich an: „Wolf, du musst es beenden, merkst du das nicht? Du verbreitest nur noch Verzweiflung, Kummer und Traurigkeit. Die Leichtigkeit ist verflogen. Komm zum Ende, Wolf."

Wolf hob langsam den Kopf und sah Luna stumm an.

Luna wurden die Augen feucht, doch sie ließ jetzt nicht mehr locker: „Ich möchte nicht, dass Roman etwas zustößt, Wolf. Ich möchte auch, dass Natter und Tell glücklich werden und mir nicht als einem Phantom ihrer Triebe hinterher lechzen. Verstehst du mich, Wolf? Ich möchte auch, dass Stefan seinen Schülern und Schülerinnen wieder in die Augen sehen kann! Wolf! Komm zum Ende!"

Wolf sah sie immer noch stumm an. Endlich fragte er mit brüchiger Stimme: „Und wir, Luna? Was machen wir beide?"

Luna lächelte Wolf an und antwortete: „Denk dir was aus, Goethe. Du musst es zu Ende bringen."

Natter und Tell hatten sich schon still ihre Jacken vom Haken genommen und wollten sich klammheimlich davon stehlen. Als Wolf es bemerkte, hielt er die beiden zurück: „Nein, so möchte ich das nicht, Natter und Tell! So könnt ihr nicht gehen."

Wolf überlegte fieberhaft. Plötzlich hatte er eine Idee, sprang begeistert auf und rief: „Wir machen ein Schlusskapitel! Eines, das ihr so schnell nicht vergessen werdet! Eines, das euch versöhnt und wieder glücklich macht!"

Natter, Luna und Tell sahen ihn fragend an. Wolf war ganz verzückt von seiner Idee.

„Wir treffen uns übermorgen im ‚Session Club', alle gemeinsam! Ihr wisst, wo das ist? Ich miete den ganzen Laden! Wir machen eine Lesung! Dort lese ich mein letztes Kapitel, und ihr kommt alle darin vor! Alle, auch Roman! Sagt ihm Bescheid, er soll sich nicht umbringen, er muss dabei sein! Wir machen die Nacht zum Tag!"

Natter begann zu grinsen: „Wo denn genau, in der fünften, vierten oder dritten Dimension?"

„Ist doch egal, Natter!", rief Wolf, „wir pendeln! Spätestens nach dem heutigen Abend sind die Grenzen vollends aufgehoben!"

Tell und Luna schauten sich zustimmend an. Luna hatte Hoffnung, dass alles doch noch zu einem guten Ende finden würde.

Als Tell und Natter gegangen waren, fragte Wolf Luna spitzbübisch: „Und nun? Was machen wir beide?"

Doch Luna schüttelte ernst den Kopf.

„Nein Wolf, heute nicht. Ich bleibe noch ein Weilchen allein." Als er sie bekümmert anschaute, lächelte sie und nahm ihn in den Arm. „Du bist mein Held, Wolf. Und Helden reiten am Ende einsam gen Horizont ..."

„... der rotglühenden Sonne entgegen", ergänzte Wolf lachend, gab Luna einen Kuss auf die Wange und verabschiedete sich.

Luna war froh, endlich allein zu sein. Sie setzte sich noch einmal und bestellte ein Glas Wein. Morgen im Zug würde sie die Pendler in Wolfs Namen in den Session Club einladen. Sie war froh für Thessi, den Doktor und Stefan, dass ihre Geschichte bald ein Ende fand. Und auch sie selbst war bereit dazu. Aber das war morgen. Hier und heute würde sie jetzt mit ihrem Essay beginnen. Der Titel würde lauten: Der Mensch in sich – Die Gabe der Vision. Sie holte ihr Netbook hervor und begann zu schreiben. Sie recherchierte im Internet, las dies und das, schrieb, verwarf, entwickelte, Zeile für Zeile. Luna brach erst auf, als sie den letzten Zug nach Hause zu verpassen drohte.

18. Die Gabe der Vision

„So viele Rätsel die moderne Hirnforschung noch lösen wird, so viele neue Rätsel wird sie aufgeben. So manches philosophische Gedankengebäude bringt sie zum Einsturz, genauso wie sie manche theoretisch vom Menschen bereits erdachten Gebäude fundamentiert. Seit Darwin wissen wir, dass der Mensch ein Tier ist. Doch er ist zweifellos ein besonderes Tier, dessen Entwicklung ihm erlaubte, eine Vorrangstellung in der belebten Welt einzunehmen. Begriffe wie ‚Moral' und ‚Gott' oder die Frage nach dem ‚Sinn des Lebens' wurden vom Menschen erfunden und immer wieder Gegenstand philosophischer und auch naturwissenschaftlicher Untersuchungen. Was unterscheidet das Tier ‚Mensch' vom Tier ‚Tier', dass es sich um sein Dasein solch tiefgreifende Gedanken macht? Warum interessiert es ihn überhaupt, wo er herkommt und wo er hingeht? Warum reicht es dem Menschen nicht ‚zu sein'?

Diese Fragen zu beantworten soll Sache der Wissenschaftler bleiben und wird sie noch viele Jahrhunderte in Brot und Arbeit halten. Durch meine Erlebnisse der letzten Wochen und Monate hat sich mir jedoch ein Aspekt des ‚Andersseins' erschlossen, den ich als einen sehr wesentlichen in der Entwicklung vom Tier zum Menschen erkenne. Sicher bin ich nicht die Einzige, der diese Gedanken in den Sinn gekommen sind. Schon Sartre hat diesen Unterschied, der mir heute so einleuchtend erscheint, erkannt und beschrieben: ‚Der Mensch kann sich mit Dingen beschäftigen, die es gar nicht gibt!' Das ist eine Grundüberlegung, die auch in der Hirnforschung ihre naturwissenschaftliche Grundlage findet. Das menschliche Hirn ist befähigt, uns Handlungen oder Erlebnisse, an denen wir selbst gar nicht beteiligt sind, die wir nur beobachten oder mitfühlen, dennoch bewusst selbst erleben zu lassen. Verantwortlich hierfür sind offensichtlich sogenannte ‚Spiegelneurone', die beim geistigen Nachvollziehen einer Handlung, die ein anderer ausführt, genauso stimuliert werden als wenn wir diese Handlung selbst ausführen. Wir Menschen können deshalb bei einem Liebesfilm den nur geschauspielerten Liebeskummer unter Tränen genauso mitfühlen, als wären wir selbst beteiligt. Genauso zittern wir bei Gruselfilmen.

Wenn man diese Fähigkeit der Spiegelung der Außenwelt im Gehirn weiter denkt, folgert daraus, dass die Welt, die wir erleben, offensichtlich zunächst in unserem Gehirn erzeugt und gespiegelt wird, bevor wir sie wahrnehmen. All die Reize und Erfahrungen der Außenwelt erzeugen in unserem Hirn Bilder, die wir fühlen und erleben. Und nicht nur das: Das menschliche Hirn ist befähigt, die Eindrücke der Außenwelt zu speichern und in einer fantasierten Beliebigkeit zu neuen Welten wieder zusammenzubauen. Dies geschieht zum Beispiel beim Träumen. Und aufgrund der Spiegelneuronen werden auch Traumerlebnisse, selbst wenn sie im Nachhinein in ihren logischen Abläufen irreal und absurd erscheinen, tiefgreifend auch körperlich gefühlt. Schmerzen werden projiziert, Ängste, Freuden. Ein bekanntes Beispiel dieser körperlichen Rückspiegelung sind die sogenannten ‚feuchten Nächte‘, bei denen allein aufgrund der Vorstellungskraft durch geträumten Sex ein realer Orgasmus ausgelöst wird.

Diese Fähigkeit der Spiegelung und Neuordnung der Außenwelt im Innern des Menschen ist die Grundlage allen kreativen Schaffens. Das Erdenken von Philosophien, das Enträtseln von naturwissenschaftlichen Phänomenen, das Schaffen von komplexen Romanwelten, all das ist einem Tier nicht möglich. Gemeinsamer Ursprung dieser Gabe ist möglicherweise die Erinnerung. Die auch zumindest höheren Tieren gegebene Befähigung zur Erinnerung setzt die Speicherung von Erlebtem und das Abrufen in Form von Bildern im Gehirn voraus. Ich wage jedoch die These aufzustellen, dass Tiere im Wesentlichen nur das träumen können, was sie real auch erfahren haben. Die Begabung der

Kreativität, also das Vermengen aller Eindrücke zu einem neuen Bild, einer neuen Welt im Kopf, bleibt dem Menschen vorbehalten.

Die, im menschlichen Gehirn, erzeugten Spiegelbilder der Welt eröffnen ihm aufgrund seiner besonderen physischen Beschaffenheit die Möglichkeit der Ausbildung von Visionen, der Erschaffung neuer, eigener vorgestellten Welten, die derjenigen der Wirklichkeit auf emotionaler Ebene und körperlichem Mitfühlen in nichts nachstehen. Dem Menschen ist es sogar möglich, zwischen seinen Welten, die er sich erschafft, zu pendeln, sie gleichzeitig nebeneinander zu erleben und sich dadurch einen unendlich vielfältigen Lebenshorizont auszubilden. Weil das Gehirn dabei keinen Unterschied zwischen realer und erdachter Welt macht, entsteht hierdurch eine innere Freiheit, die ungeachtet der oft so engen Grenzen der jeweiligen persönlichen Lebensumstände ein schrankenloses Dasein möglich macht.

Diese Begabung der Menschen verschaffte ihnen gegenüber der restlichen Tierwelt einen entscheidenden und unsagbar großen Vorteil im evolutionären Kampf ums Dasein. Denn durch die hohe motorische und sprachliche Weiterentwicklung konnte der Mensch seine erdachten Scheinwelten zurück in die Realität spiegeln, in dem er die inneren Visionen kommunizieren und sie so gemeinsam mit anderen auch wahr werden lassen konnte. Treibende Feder hierfür wird der Urinstinkt der Behauptung und Selbsterhaltung gewesen sein, und tatsächlich war dem Mensch diese Art der vorher nie da gewesenen Kreativität in vieler Hinsicht von Nutzen. Nicht nur in der dinglichen Welt, sondern auch in abstrakterer Form wie der Mathematik, der Philosophie oder der Kunst.

Die Befähigung des menschlichen Hirns zur Fantasie hat einen zuvor nie da gewesenen Entwicklungssprung möglich gemacht. Sie erlaubt jedoch nicht nur die Veränderung der Welt; sie taugt zum Beispiel auch zur Flucht aus dem Alltag, zum Träumen in der Hängematte, zum Schwelgen in Musik.

Die Entwicklung unserer Menschheit ist deshalb auf die Träumer, die Spinner, die Fantasten in unserer Welt angewiesen. Auf die, die eine besondere Begabung des Pendelns in verschiedenen Gefühls- und Bilderwelten besitzen, auf die, die uns mitnehmen auf die Reise in ihre neuen, unbekannten Sphären, die die Mauern unserer Normen und Werte einfach durchschweben, so als wären sie Luft. All die Verrückten, die unsere Realität mit den musischen oder abstrakten Welten in ihren Köpfen verweben, die die Grenzen zwischen Schein und Sein aufheben können, sei es zur Flucht auf eine Insel im Meer, sei es zur Intuition für die Schaffenskraft in der Wirklichkeit.

Die Gabe der Vision beflügelt den Menschen. Sie lehrt ihn das Fliegen und schenkt ihm Freiheit. Und weil der Mensch als Einziger diese innerliche Freiheit besitzt, trägt er die Verantwortung für seine Welt. Denn diese Freiheit befähigt ihn auch, alles zu zerstören. Erst mit der Gabe der Vision stellt sich auch die Frage nach Gut und Böse. Wenn alles erdacht werden kann, gebietet der Trieb der Selbsterhaltung die Entwicklung einer Moral, einer Entscheidungsmaxime, was der Gesellschaft des Lebens schadet und was nützt.

Was folgt aus diesen Überlegungen für unser eigenes Leben? Sartre zu folgen, der dazu anhält, aus der inneren Vorstellungskraft heraus einen Entwurf für sein Leben zu entwickeln und diesen dann in der Realität umzusetzen, würde nur wieder neue geistige Schranken den äußeren Zwängen des Lebens hinzufügen. Die tierischen Triebe der Selbsterhaltung und Fortpflanzung sind sowieso genetisch gesetzt, also keine Option. Aber die Visionen und Fantasien der Menschheit können und müssen dennoch zur Wirklichkeit erhoben werden. Immer neu, immer verrückt, immer wieder. Die Bilder im vorgegebenen Rahmen unserer Natur werden dadurch bunter. Nicht nur im Kopf. Fantasie macht uns reich. Unsere Freiheit liegt in der Gabe der Vision."

Maggi war zufrieden. Sie hatte ihre zunächst noch wirren Gedanken zuerst einfach strukturieren können und das ausgedrückt, was sie bewegte. Aber ihr war beim Schreiben auch klar geworden, wie unzulänglich ihre Schlussfolgerungen in vieler Hinsicht waren, wie wenig stichhaltig und belegbar und dadurch angreifbar. Es war eine noch nicht zu Ende gedachte Hypothese, die sie entworfen hatte, mehr nicht. Aber sie hatte genau das getan, was sie geschrieben hatte, und das machte sie glücklich. Es war der Beginn eines gedanklichen Weges, ausgelöst durch die unfreiwillige Verstrickung in Wolf Gödes bizarre Verquickung von Traum und Wirklichkeit.

Ach du Scheiße, Wolf Göde! Heute war das Treffen im Session Club, und sie hatte sich mit Wolf etwas früher verabredet, um die Vorbereitungen zu treffen! Sie schaute zur Uhr, sie hatte nicht mehr viel Zeit, bis ihr Zug fuhr. Hastig schlug sie ihr Netbook zu.

Beim Umziehen sah sie die Wolldecken unten im Schrank. Ein seltsames Gefühl stieg plötzlich in Maggi auf, eine unwahre, neblige Trübe. War das alles wahr gewesen? Hatte sie es sich nur vorgestellt, mit Wolf in ihrer Bude zu liegen? Oder waren es schöne, unbefangene Kindheitserinnerungen, die sie mit der Wirklichkeit vermengte? Die Bilder drehten sich. Sie nahm die Decken auf, drückte ihre Nase hinein und sog den Geruch ein. Doch die Zeit war knapp. Sie musste jetzt los, der Zugfahrplan duldete keinen Aufschub mehr.

19. Session Club

Die Ersten, die im Session Club eintrafen, waren Wolf und Luna. Wolf hatte die Räumlichkeiten tatsächlich komplett mieten können, sodass sie heute Abend unter sich waren. Die hölzerne Stiege ins Obergeschoss knarrte, als die beiden Hand in Hand zum Bühnensaal hinauf kletterten. Im Untergeschoss befand sich ein Tresen mit zwei Stehtischchen sowie um die Ecke ein kleines Ladenlokal, in dem es vielerlei Produkte aus fairem Handel zu kaufen gab. Afrikanische Skulpturen, Schmuck und Musikinstrumente lagen in Regalen und auf Tischen. Im unbeleuchteten Hintergrund erkannte man schemenhaft Stoffe, bunte Taschen und eine in einem Gestell aufgespannte, ausladende Hängematte. Der Session Club wurde nicht kommerziell betrieben. Im Grunde war es so etwas wie ein Vereinsheim, in dem sich regelmäßig alle paar Wochen Musiker zu einer gemeinsamen Session zusammenfanden. Nun aber waren der kleine Saal und die Bühne leer. Vielleicht vierzig, fünfzig Zuschauer fanden hier Platz, und in der Regel war der Raum gut gefüllt, wenn jeden ersten Dienstag im Monat gejammt und musiziert wurde.

Wolf knipste das Licht an und baute eine kleine Verstärkeranlage auf. Luna schleppte ein Tischchen herbei, an dem Wolf lesen würde, und platzierte es mittig auf der Bühne. Als alles gerichtet war, hieß es warten. Die beiden liefen hinunter an die Theke und nahmen sich ein Bier aus dem Kühlschrank, für das sie die Bezahlung in ein Körbchen warfen, das auf der Bar bereit stand.

Sie brauchten sich nicht lange zu gedulden. Schon bald trafen nach und nach die Gäste ein. Tell, Roman und Natter kamen zusammen und begrüßten Wolf und Luna an der Theke. Dann erschienen Stefan mit seiner Frau Hannah, Thessi und Ruby sowie Grunwald, der auch den Zoohändler Heinz Konopka mitgebracht hatte. Es fehlte nur noch Banjo, der zwar nicht fest zugesagt hatte, aber Wolf war sich sicher, dass er noch erschien. Sie tranken etwas und machten sich bei Smalltalk bekannt. Die Stimmung war verhalten und abwartend. Alle dachten mit Spannung an den Beginn der Veranstaltung, und jeder knüpfte andere Erwartungen daran. Wolf spürte eine gewisse Feindseligkeit unter seinen Gästen. Obwohl er sie sogar verstehen konnte, amüsierte es ihn innerlich.

Nur Konopka zeigte sich von seiner unterhaltsamen Seite und quatschte munter drauflos. Als Luna ihn nach seinem Beruf fragte, rief er in die Runde: „Ach wat, Beruf! Berufung is dat, wenn man mit Tiere arbeitet! Den Doktor kenn ich aus mein Geschäft. Ich hab so ein Zooladen inne Südstadt. Dat is ein Vogelnarr, der Doktor! Aber dat wisst ihr sicher alles."

Wolf mischte sich jetzt ein: „Nichts wissen sie, Herr Konopka, sorry, hier sind wohl noch einige Lücken. Aber dafür sind wir heute Abend zusammengekommen. Darf ich euch hinauf in den Saal bitten? Ich denke, wir sollten beginnen. Auf Banjo zu warten, macht wohl keinen Sinn."

So stiegen sie gespannt die Holztreppe hinauf und bevölkerten das vordere Drittel des Zuschauerraumes.

Wolf betrat die Bühne, setzte sich an den Tisch und pustete testend in das Mikrofon, es zischte und rauschte im Saal. Dann begann er zu reden.

„Liebe Freunde, ich weiß, die meisten von euch sind nicht besonders gut auf mich zu sprechen."

Ernste Gesichter blickten ihm entgegen, bis auf Luna, die lächelte.

„Alles begann im Zugcafé. Ihr Pendler habt mich gebeten, eine Geschichte über euch zu schreiben. Da ich euch nicht näher kannte, musste ich euch und alle anderen Akteure meiner Geschichte nach meinen Vorstellungen neu erfinden."

Unmutiges Raunen ging durch die Zuhörer.

„Es war abzusehen, dass meine Fantasie mit euren Träumen nicht immer übereinstimmen wird. Die Situation ist am Ende eskaliert, ihr alle wolltet, dass die Geschichte beendet wird. Dazu sind wir heute Abend hier. Ihr seid meine Gestalten geworden und heute Abend entlasse ich euch wieder in euer reales Leben – falls ihr das überhaupt noch wollt.

Stefan rief dazwischen: „Das wird höchste Zeit, mein Lieber!"

Grunwald fügte hinzu: „Fang schon an! Genug der Vorrede!"

„Na gut", erwiderte Wolf, „ich beginne mit dir, Doktor! Du hast bei Konopka im Laden eine Krähe gezähmt, bist mit ihr durch die Nacht gestreift und dabei in ziemliche Schwierigkeiten geraten."

„Der Hexer!", hörte man es flüstern.

Wolf fuhr fort: „Nun ist dein Vogel fort und du suchst schon seit Tagen nach Freitag, wie du ihn getauft hast. Heute wirst du erfahren, was mir der Krähe passiert ist."

„Dat würd mich auch ma interessieren!", tönte Konopka lautstark.

Wolf schlug seine Kladde auf und suchte die richtige Stelle, bevor er nun zu lesen begann.

„Freitag war nach der Attacke auf die jungen Angreifer panisch aufgeflogen und hatte sich in den Baumwipfeln der wispernden Pappeln versteckt. Dort blieb die Krähe eine Weile sitzen und beruhigte sich erst langsam wieder. Sie hörte ihren Herrn nach ihr rufen, doch sie konnte sich nicht gleich entschließen, zu ihm zurückzufliegen. Als sie ihre Angst schließlich überwunden hatte, hatte auch das Rufen aufgehört. Freitag flog hinab und drehte eine Runde, doch sie konnte ihren Herrn nirgendwo entdecken. Unentschlossen flog sie ein Weilchen umher und ließ sich wieder auf einem der Äste nieder.

Es war inzwischen stockdunkel geworden, doch Freitag hatte gute Augen und ein noch besseres Gehör. Sie vernahm ein Krächzen irgendwo in der Nähe und erkannte es als das ihrer Artgenossen. Es klang aufgeregt, doch Freitag konnte die Botschaft nicht deuten, da sie immer in Menschengesellschaft gelebt hatte. Doch ein Gefühl der Neugier trieb sie, sodass sie aufflog und sich in Richtung des nächtlichen Lärms aufmachte. Schon bald hatte sie ihr Ziel gefunden. Unten auf dem Boden, am Rand des angrenzenden Ackers, fand sie ein Käfiggestell, das ihrer eigenen Behausung in der Stadt recht ähnlich sah. Im Käfig und oben drauf saßen einige Krähen, die aufgeregt lärmten und hüpften.

Jetzt erst bemerkte Freitag den Geruch von Nahrung. Sie verspürte plötzlich einen unbändigen Hunger und fand heraus, dass in dem Käfig ein großer Brocken rohen Fleisches am Boden lag, an dem die Krähen, die den Weg hinein schon gefunden hatten, pickten.

Neugierig flog sie hinzu, setzte sich oben auf das Drahtgestell und fand schon bald einen schmalen Zugang, in den sie behände kletterte. Ihre Artgenossen, die noch draußen waren, taten es ihr nicht gleich und krächzten warnend, sie wunderte sich darüber; aber der gute, verlockende Geruch machte sie unvorsichtig, und schon bald hackte sie ihren Schnabel in den schmackhaften, blutigen Fetzen Fleisch.

Als sie sich satt gepickt hatte, wollte sie zurück in die Bäume. Doch der Eingang, durch den sie geklettert war, war von innen her nicht zu erreichen. Auch die anderen Krähen versuchten unentwegt, die Öffnung zu finden, aber es war wie verhext. Freitag fürchtete sich nicht. Sie kannte solche Käfige ja und sie wusste auch, dass sie die Tür nicht allein öffnen konnte. Wenn es erst hell würde, würde einer der Zweibeinigen kommen, sie war sich sicher. Sie waren zu sechst in dem Käfig. Es gab keinen Streit, die Beute war üppig. Aber Freitag spürte die Angst ihrer Mitgefangenen, die sie nicht verstand.

Im Morgengrauen näherte sich endlich eine Person. Freitag dachte zunächst, es wäre ihr Herr, die Stiefel und der Anorak waren sehr ähnlich. Doch es war ein Fremder. Er hatte einen eisernen Stab geschultert, den er nun in die Hände nahm und damit in Richtung der Krähenfalle zeigte. Freitag schaute neugierig, was nun passieren würde.

Ein lauter Knall zerriss die Luft. Freitag spürte Schmerz und dann nichts mehr. Die Schrotkugeln hatten die Köpfe und Leiber der gefangenen Krähen durchschlagen. In der Morgensonne glänzte am Grund des Käfigs ihr schwarzes, zerrupftes Gefieder."

Grunwald war kreideweiß geworden, und auch die anderen saßen regungslos auf ihren Stühlen. Dann erhob sich Grunwald langsam und ging wortlos davon, die Stiege hinab.

Konopka fand als Erster die Sprache wieder: „Wat für eine Sauerei!", sagte er kopfschüttelnd, „sowat machen die Menschen."

Thessi hatte Rubys schwitznasse Hand losgelassen und schnäuzte sich. Hannah und Stefan flüsterten. Luna hatte die Augen geschlossen. Plötzlich rief Natter: „Klasse Wolf, Applaus!" Dann begann er zu klatschen, ganz allein.

Stefan stand auf und sagte: „Mensch Wolf, wenn das so ist, möchte ich das Ende meiner Geschichte gar nicht hören."

„Wir auch nicht!", riefen Ruby und Thessi wie aus einem Mund.

„Na ja", antwortete Wolf den beiden, „bei euch beiden gibt es auch nicht mehr viel zu sagen."

„Und bei uns beiden?" Luna hatte das ganz leise in den Raum gesagt. Tell und Natter hatten sofort aufgemerkt, schauten sich grinsend an und klatschten sich dann ab. „Hatten wir also doch Recht!", sagte Tell, „ist doch was im Busch bei euch!"

Roman hatte sich noch gar nicht gemeldet. Seine starken Gefühle für Luna waren keineswegs abgeklungen. Er fühlte die letzten Äußerungen wie ein Schwert in sein Herz fahren. Aber er litt stumm.

Wolf ergriff wieder das Wort und sagte laut in das Mikrofon: „Tut mir Leid, Leute, es ist meine Welt, in der ihr hier seid und nicht eure eigene. Also, wie machen wir es jetzt? Soll ich weiterlesen?"

Keiner stimmte zu, alle schwiegen.

„Na, gut", sagte Wolf, „anderer Vorschlag. Ihr denkt euch das Ende selber aus und ich schreib es auf. Wäre das was? Einen Schluss brauchen wir schon!"

In diesem Moment knarzte die Treppe, und alle rechneten mir Grunwalds Rückkehr. Aber zum Erstaunen betrat nun Banjo den Raum, über den Rücken hatte er eine Gitarrentasche geschultert.

Die Pendler, die ihn ja gut kannten, freuten sich, sprangen auf, um Banjo zu empfangen und ihn willkommen zu heißen. Banjo wehrte ab: „Ja ja, nun is gut, lag ja auf dem Weg." Dann betrat er die Bühne, zog das Instrument aus der Hülle und stellte sich vor Wolf, der gleich verstand und Banjo Platz machte. Der rückte sich den Stuhl zurecht, bog das Mikro in Position und schlug einige Akkorde an. Dann, ohne Vorrede, begann er zu spielen. Er sang dazu mit einer sanften, leisen und eindringlichen Stimme, es war eine zärtliche, traurige Ballade, die alle sofort in ihren Bann zog. Thessi schmuste sich an Ruby, die versunken lauschte. Allenthalben rieselte Gänsehaut über die Rücken und Beine, so sehr rührte die Musik sie alle an. Während des Liedes war auch Grunwald wieder hinauf gekommen, lehnte jetzt lauschend am Geländer, und ein Lächeln huschte über sein Gesicht.

Als die Klänge verstummten, brach ein frenetischer Jubel los. Alle klatschten und johlten, doch Banjo nahm die Ovationen gelassen und ernst entgegen.

Banjo hatte den Bann gebrochen. In der aufgewühlten Stimmung traute sich plötzlich Stefan nach vorn auf die Bühne. Forsch zog er das Mikro aus dem Ständer und verschaffte sich Gehör. Dann rief er aufgedreht:

„Wolf, du Fuchs, ich befreie mich hiermit offiziell aus den Klauen deiner grotesken Fantasie!" Die Zuhörer klatschten erwartungsvoll. Stefan winkte ab und fuhr fort: „Du hast Hannah und mir eine aufregende

Zeit beschert und dann alles wieder infrage gestellt und mich in existenzielle Schwierigkeiten gebracht, du Hund! Schreib in dein Schlusswort, dass ich ein Schreiben von der Bezirksregierung erhalten habe, dass mich die Schule offiziell rehabilitiert, nachdem bekannt geworden ist, dass ich keinen Ehebruch begangen habe und auch kein Anlass für die Erregung öffentlichen Ärgernisses geworden bin!" Stefan kam richtig in Fahrt: „Und der Schuldirektor entschuldigt sich öffentlich bei mir und schlägt bei der Schulbehörde meine Beförderung vor!"

Er erntete stürmischen Applaus, bis plötzlich Maggi nach vorn kam und mit süffisantem Grinsen ein Blatt Papier in der Luft schwenkte und es dann dem Publikum präsentierte: „Falls ich der Schulbehörde nicht diese Fotokopie von deinem Allerwertesten zuspiele, die du neulich im Kopierraum ..."

Die Gesellschaft tobte. Stefan lachte mit, schnellte plötzlich nach vorn, riss Maggi das Bild aus der Hand, stopfte es in den Mund und verschluckte es mühsam.

„Chance vertan!", schrie er und erntete berstendes Grölen im Auditorium.

Jetzt war es Banjo leid, und er übernahm unwirsch wieder das Kommando: „So ein Quatsch hier, komm, ich sing lieber noch was!"

Noch bevor die Begeisterung über diesen Vorschlag verebbte, übertönte plötzlich Dr. Grunwald das Getöse und rief mit klarer Stimme: „Noch schnell ein Hinweis! Die Bar steht ab sofort frei zur Verfügung. Nehmt euch, was ihr braucht, ich zahle heute Abend die Zeche. – Wir feiern heute Abend fünf Richtige!"

Jetzt brachen alle Dämme. Sie tranken, grölten, sangen und tanzten bis in die späte Nacht, und Wolf hielt es für besser, wenn sich am Morgen keiner mehr daran erinnern würde.

Niemand bemerkte, als er mitten im Trubel langsam die Treppe hinab stieg. Beim Weg am Tresen vorbei zum Ausgang bemerkte er in der

Tiefe des dunklen Ladenlokals, dass die dort aufgestellte Hängematte leise in ihrer Halterung quietschte. Wolf musste lächeln. Wer auch immer dort eine heimliche zweisame Zuflucht gefunden hatte, er selbst würde darauf keinen Einfluss mehr nehmen.

Vorne im Eingang fehlten die afrikanischen großen Kongas, die sich Konopka geborgt hatte. Ihr dumpfer Rhythmus aus dem Saal oben begleitete Wolf nach draußen.

Leise schloss er die Tür. In der kühlen Dunkelheit der Nacht ging er langsam Richtung Bahnhof. Er fühlte sich plötzlich unendlich leer und einsam. Er kannte dieses Gefühl. Es würde eine Weile dauern, bis er den Abschied von seinen so lieb gewordenen Freunden überwinden würde.

Nachwort

Von Thessi und Ruby weiß ich inzwischen, dass die beiden zusammengezogen sind. Sie bewerben sich zurzeit jedoch bei einem sozialen Hilfsprojekt in Südamerika, ich bin gespannt, wann es was wird.

Stefan ist inzwischen rehabilitiert. Der Schulskandal ist in Vergessenheit geraten, die Wogen haben sich längst geglättet. Was Hannah und er auf ihrer Insel machen, bleibt ihr Geheimnis.

Maggi ist zu ihrem Mann nach München gezogen. Er ist schwer krebskrank, und sie hat sich entschlossen, ihn bis zu seinem Tode zu pflegen. Ab und zu sendet sie mir neue Seiten ihres großen Schriftwerkes, das sie sich vorgenommen hat. Ich will nicht zu viel verraten – aber es wird ein Hammer.

Mit Roman, Tell und Natter treffe ich mich immer noch regelmäßig im „Hinterzimmer". Wir spinnen uns was zusammen! Es ist für mich die schönste Zeit in der Woche, ich kann nur hoffen, dass die anderen drei das ähnlich sehen.

Von Grunwald hat niemand mehr etwas gehört. Er hat sein Häuschen verkauft und ist mit seiner Frau fortgezogen ohne uns zu sagen, wohin. Na, vielleicht hat er tatsächlich im Lotto gewonnen. Wer will das wissen.

Andreas Gers, geboren 1961, ist im Münsterland als Liedermacher und Schelmendichter bekannt. Er lebt in Appelhülsen, einem kleinen Dorf in der Nähe von Münster. Er ist verheiratet und hat drei inzwischen schon erwachsene Kinder. Die meisten der Ideen für seine Lieder, Gedichte und Geschichten schreibt er im Zug zur Arbeit auf, als
Pendler ins Ruhrgebiet. Die Inspiration für seinen Debut-Roman „Die Pendler" lag also sozusagen im Gepäcknetz. Nähere Informationen über sein Schaffen, seine Veröffentlichungen sowie aktuelle Live-Termine gibt es auf seiner Homepage unter www.andreas-gers.de